Bertha Basdscho

Frei statt Franken!

Ein ziemlich fiktiver Kriminalroman, der endlich die Frage beantwortet, warum es gut ist, dass Nürnberg nicht München ist.

Bertha Basdscho

Frei statt Franken!

Roman

Impressum

Bibliografische Information der Deutschen Nationalbibliothek:
Die Deutsche Nationalbibliothek verzeichnet diese Publikation in der
Deutschen Nationalbibliografie; detaillierte bibliografische Daten sind
im Internet über http://dnb.dnb.de abrufbar.

Herstellung und Verlag: BoD – Books on Demand, Norderstedt

ISBN: 978-3-7504-5145-2

RUNDFUNKÜBERTRAGUNG

„Es ist unglaublich! Hier in München liegen sich die Menschen in den Armen, damit hat niemand gerechnet. Alle haben gesagt: ‚Das geht noch schief'. Aber heute wissen wir: Es ist gut gegangen, der FC Bayern[1] München ist Deutscher Fußballmeister. Durch die 2 : 3 Niederlage der Dortmunder Borussen gegen die Würzburger Kickers kann der FC Bayern München jetzt den beiden kommenden Spielen gegen die Verfolger Dortmund und Schalke ruhig entgegensehen. Drei Jahre nach dem Aufstieg in die erste Liga wird damit ein Traum wahr – der FC Bayern München wird zum ersten Mal in seiner Vereinsgeschichte Deutscher Meister. München wird jetzt sicher die größte Party seit Langem sehen. Und wir sind live dabei! Nein, doch nicht. Ich höre gerade von den Kollegen aus Nürnberg: Wir machen jetzt weiter mit ‚Fachwerk in Franken'."

Kaum ist das Mikro aus, wendet der Moderator sich an die Kollegen im Funkhaus.

„Seid Ihr da oben jetzt total bescheuert? Wir können doch nicht einfach so fünf Minuten nach dem Spiel die Übertragung abbrechen. Da müssen wir live dabei sein. Habt Ihr eine Ahnung, was für eine Sensation das für die Bayern-Fans ist?"

„Die offizielle Meisterschaftsfeier ist erst nach dem letzten Spiel."

„Aber die Fans feiern heute. Bis dahin interessiert das doch keinen mehr. Da kriegen wir wieder säckeweise Protestbriefe.

---

[1] Richtiger wäre hier eigentlich die Schreibweise Baiern. Denn erst seit dem 20. Oktober 1825 wird Bayern nach einem Beschluss des damaligen Königs Ludwig I. mit y geschrieben. Weil in diesem Buch Baiern damals längst zu Franken gehörte, gab es weder einen König Ludwig I. noch eine neue Version der traditionellen Schreibweise Baiern. Aber das wäre auf die Dauer anstrengend zu lesen, deshalb bleibe ich bei der Schreibweise Bayern.

Vor allem, nachdem wir letztes Jahr vier Stunden lang von der Meisterfeier des FC Nürnberg berichtet haben."

„Und da haben wir auch säckeweise Post bekommen, warum alle anderen Sendungen dem Fußball weichen müssen."

„Ich glaube einfach, dass es Euch stinkt, dass Bayern Meister wird."

Der Sendeleiter im Funkhaus stöhnt hörbar. „Fangt doch nicht wieder damit an. Mit regionalen Vorlieben hat das nichts zu tun. Es ist einfach Zufall, dass unsere geänderte Senderpolitik jetzt den FC Bayern trifft. Und für Neid gibt es von unserer Seite keinen Grund. Immerhin ist der Club der mit Abstand erfolgreichste und beliebteste Club in Franken, ach was, in ganz Deutschland."[2]

„Pah. Dieses Jahr steigt er ab.[3] Ihr werdet sehen."

Der Studioleiter im Hauptgebäude des fränkischen Rundfunks in Nürnberg stellte die Verbindung mit dem Kollegen in München ab und murmelte ein deftiges fränkisches Schimpfwort. Liebevoll blickte er auf das Logo des 1. FC Nürnberg auf seiner Kaffeetasse. Es wurde immer schlimmer mit dem Genörgel der Bayern. Und das, obwohl der amtierende Ministerpräsident aus München stammte. Zugegeben der Erste seit Langem, der nicht aus Altfranken kam.

Die Vorwürfe waren ständig die gleichen. „Warum sendet der Fränkische Rundfunk fast nur aus Nürnberg?" – „Warum gibt es kaum Fernsehserien aus Bayern?" – „Warum wird selbst ‚Mit dem Fränkischen Rundfunk in die Berge' nicht in Bayern gedreht, sondern in Österreich?" Vielleicht weil niemand einen Tatort aus dem provinziellen München sehen will? Oder die langweiligen bayerischen Berge, wenn es drüben in Österreich echte Berge gibt!

---

[2] Manche Dinge sind in diesem Buch eben anders.
[3] Andere Dinge ändern sich dagegen nie.

BEI DALOKAYS DAHEIM

„Also Yasemin, wiederholst Du schnell noch mal was Du heute in Deinem Referat erzählen willst?" Kriminaloberrätin Asena Dalokay sah ihre Tochter streng an. Yasemin war jetzt zwölf und ging in die siebte Klasse des Großherzog-Heinrich-Gymnasiums im Nürnberger Stadtteil Schwabach.

Weil Yasemin nicht antwortete, begann Okatan. Er ging erst in die vierte Klasse der Grundschule Neu-Baimbach, hatte sich das Referat seiner Schwester aber schon mindestens zehnmal anhören müssen.

„Das ist wegen dem Napoleon. Der hat Deutschland erobert. Und dann die Bayern Franken. Mit Napoleon. Die Bayern haben nämlich mit den Franzosen gegen die Deutschen gekämpft. Also, gegen die Preußen und die Österreicher, weil die waren damals auch noch Deutsche. Und da hat der Napoleon den Maxi zum König gemacht."

„Den Maxi?"

„Er meint den König Maximilian", mischte sich seine Schwester ein.

„Der Maxi ist also König geworden", fasste Asena zusammen.

„Genau. Aber dann hat der Napoleon in Waterloo eins auf die Fresse gekriegt", antwortet Okatan.

Asena wollte eben seine Ausdrucksweise korrigieren, da fuhr Yasemin schon fort:

„Nach der französischen Niederlage wurde Bayern preußisch."[4]

„Und Franken?", fragte Asena.

---

[4] Für alle, die sich den Klappentext nicht richtig durchgelesen haben: Hier geht es um Alternativgeschichte. Die Realität sah natürlich ganz anders aus.

„Franken auch. Alles, was 1806 bayerisch geworden war, wurde jetzt preußisch."

„Und was taten die Preußen, um die Bayern zu bestrafen?"

„Sie machten Bayern preußisch?"

„Ja – und was noch. Was passierte mit Bayern?"

„Die Preußen hatten Angst, dass sich die Bayern mit Österreich verbünden. Deshalb wollte man Bayern schwächen, indem man das alte Königreich in mehrere Provinzen aufteilte und München nicht mehr Hauptstadt war. München und der Westen Bayerns kamen zur Provinz Augsburg. Der Osten wurde zur Provinz Landshut. Und Franken und die Pfalz wurden eigene Provinzen. Der Provinzsitz von Franken war in Bayreuth."

„Aber warum gibt es dann heute ein Bundesland Franken?"

„Die Österreicher waren dagegen, dass die Preußen alles kriegen. Also drohten die Österreicher mit Krieg. Als Kompromiss wurde ein neues Land Franken gegründet und der Bruder vom König, Prinz Heinrich[5], wurde erster Großherzog. Nach dem ist unsere Schule benannt."

„Genau. Und was passierte mit Nürnberg?"

„Das wurde neue Hauptstadt. Die alten waren ja Bayreuth, Augsburg und Landshut, die Pfalz blieb bei Preußen. Aber weil Nürnberg so schön in der Mitte lag und weil die Hohenzollern da früher mal Burggrafen gewesen waren, machten sie Nürnberg zur neuen Hauptstadt und haben im Süden von der Altstadt eine ganze neue Stadt gebaut. Da, wo Du jetzt arbeitest."

„Sehr gut. Dann viel Erfolg. Wir müssen jetzt los."

Zusammen verließen sie ihr Reihenhaus in Nürnberg-Neubaimbach. Der Weg zur U-Bahn führte sie durch die Trabantenstadt, die rund um die alten Dörfer Ober- und

---

[5] Nein, das ist nicht der mit der Mütze. Die Prinz-Heinrich-Mütze ist nach dem Bruder Kaiser Wilhelms II benannt.

Unterbaimbach[6] entstanden war. Im Hintergrund sah man die 15-stöckigen Hochhäuser von Nürnberg-Wolkersdorf. Sie durchquerten einen kleinen Park, in dem die letzten Reste des Zwieselbaches flossen. Gleich dahinter lagen die U-Bahn-Station Neubaimbach-Ost und Okatans Grundschule.

Asena würde mit der U-Bahn bis zu ihrem Arbeitsplatz im Süden der Altstadt fahren, Yasemin nur bis zum Wolkersdorfer Einkaufszentrum. Dort stieg sie dann in den Bus um. In Wolkersdorf gab es zwar die Gesamtschule Wolkersdorf-Neubaimbach, doch die Eltern hatten sich für das mathematisch-naturwissenschaftliche Gymnasium in Nürnberg-Schwabach entschieden. Es lag inmitten der Villensiedlung am Eichwasen[7], rund zehn Busminuten entfernt.

Asena leitete die Zentralstelle für die Bekämpfung von Hasskriminalität und politischer Gewalt im Nürnberger Polizeipräsidium. Ihr unterstanden mehrere Unterabteilungen, die sich mit Neonazis, Islamisten, Linksextremisten, aber auch radikalen Fußballfans befassten.

Ihr Büro war in einem repräsentativen alten Sandsteinbau untergebracht, der Ende des 19. Jahrhunderts im Regierungsviertel südlich der Altstadt errichtet worden war. Auf ihrem Weg zum Polizeipräsidium reihte sie sich in den Strom der Beamten ein, die auf dem Weg in die Ministerien und Ämter waren.

---

[6] Die Orte Ober- und Unterbaimbach gibt es wirklich. Sie gehören heute politisch zu Schwabach, sind tatsächlich aber kleine Weiler vor den Toren der Stadt. Es gibt dort weder eine U-Bahn noch eine Großwohnsiedlung.
[7] Wer Schwabach kennt (in der Realität kein Stadtteil Nürnbergs, sondern mit rund 40.000 Einwohnern die kleinste kreisfreie Stadt Bayerns), der weiß, dass am Eichwasen heute jene Großwohnsiedlung steht, die in Wolkersdorf oder Unterbaimbach nie gebaut wurde.

Am Ende der großen Straße thronte das ehemalige Stadtschloss des Großherzogs, davor eine Statue der Frankonia. Asena mochte die Figur, die statt der üblichen Speere und Schwerter in der einen Hand eine Weinrebe, in der anderen einen Bierkrug hielt. Zu ihren Füßen saß ein kleiner Hase. Ihn hatte der erste Großherzog, gegen den Willen seiner Berater, zum Wappentier Frankens gemacht.

Je näher man zum alten Stadtschloss kam, desto wichtiger wurden die Ministerien. Direkt davor lag auf der einen Seite der Landtag, auf der anderen der ehemalige Sitz des Ministerpräsidenten, der heute natürlich im Stadtschloss residierte. Das Polizeipräsidium lag allerdings am Anfang der Straße.

Asena betrat das Polizeipräsidium über die Freitreppe. Obwohl es draußen schon relativ warm war, herrschte drinnen eine angenehme Kühle. Die großen Marmorsäulen beeindruckten sie dagegen längst nicht mehr. Wie üblich wählte sie den Weg über die Treppe zu ihrem Büro im zweiten Stock, statt den Aufzug zu nehmen.

Auf ihrem Schreibtisch lagen diverse Akten, beispielsweise eine Buttersäure-Attacke auf das Büro der „Fränkischen Vegetarier", die gerade zusammen mit der katholischen Kirche an einer Volksabstimmung arbeiteten, der zufolge in öffentlichen Kantinen und Mensen, in Schulen und Verwaltungen am Freitag kein Fleisch mehr verkauft werden durfte.

Sie organisierte zwei Mitarbeiter, die sich schwerpunktmäßig mit dem Fall befassen sollten. Dann ging sie Berichte und Akten durch, entschied, wo weitere Recherchen notwendig waren und welche Fälle abgeschlossen wurden. Der Job war ungefähr so spektakulär wie der eines Schadenssachbearbeiters in einer Versicherung. Aber sie hatte das Gefühl, etwas Sinnvolles zu tun und meistens pünktlich Feierabend.

Am Nachmittag traf sie sich mit zwei Kollegen zum Essen. Beide waren aus dem Morddezernat zu ihr versetzt worden. Das heißt, eigentlich war nur Lukas Henlein versetzt worden, ein junger Kommissar, der noch auf seine erste feste Stelle wartete.

Nach Meinung ihrer Chefin war er in der Mordkommission gefährdet, gefährdet durch seinen Kollegen Kevin Glosemeyer. Er stand kurz vor der Pensionierung und erfüllten alle Klischees, die landläufig über Franken im Umlauf waren. Er liebte deftiges Essen, waren heimatverbunden, wortkarg und grantelte[8] die meiste Zeit vor sich hin.

Der junge Lukas hatte in Kevin einen Ersatzvater gefunden und ziemlich schnell ziemlich viele dieser Eigenschaften übernommen, bis hin zu einer Leidenschaft für Blasmusik, die die Kriminaldirektorin als künstlerische Beleidigung auffasste.

Asena sollte den jungen Mann nach Meinung der Chefin auf die richtige Spur zurückbringen. „Wir als moderne Frauen", hatte die Kriminaldirektorin gesagt. Weil Asena es aber nicht als ihre Aufgabe ansah, irgendwem einen bestimmten Geschmack an- oder abzuerziehen, abgesehen vielleicht von ihren beiden Kindern, war sie erfreut, als sich wenig später Lukas' Mentor Kevin Glosemeyer bei ihr bewarb. Sie kannten und schätzen sich schon lange. Er hatte einen guten Ruf als Polizist und sie eine unbesetzte Stelle.

Als Einstand hatte sie ein gemeinsames Mittagessen vorgeschlagen, das statt in der Kantine in einer vom Ersten Kriminalhauptkommissar Glosemeyer ausgesuchten Restaurant stattfand. Es lag weiter im Osten, dort, wo die vornehmen

---

[8] Für Norddeutsche: Granteln: *Intransitiv, süddeutsch und österreichisch:* volkssprachliche Bildung zu grantig, fortwährend scheinbar schlecht gelaunt, verdrießlich sein.

ehemaligen Bankengebäude und Industriehauptverwaltungen aufhörten und früher Industriegebäude standen.

Auf dem ehemaligen Werksgelände der „Königlich Fränkischen Klaviermanufaktur" hatten sich Werbeagenturen, IT-Firmen, Ärzte und die deutsch-angolanische Handelskammer angesiedelt. Unten im Erdgeschoss waren verschiedene Läden untergebracht, die alle den Namenszusatz „Die kleine ..." trugen. Es gab „Die kleine Molkerei und Käserei", wo man frische Milch und Käse kaufen konnte. In der ehemaligen Remise war sogar ein kleiner Stall mit zwei Kühen untergebracht. „Die kleine Rösterei" verkaufte frisch gerösteten Kaffee, daneben gab es „Die kleine Bäckerei" und „Die kleine Metzgerei." Geschäfte für die kaufkräftige Kundschaft der wohlhabenden Landeshauptstadt Nürnberg.

Der etwas zu kaufkräftigen und versnobten Kundschaft, fand Asena. Sie vermisste die Bodenständigkeit Münchens, jener Stadt, in der sie mit ihren Eltern lange gelebt hatte. Die ehemalige Hauptstadt galt als langweilige Touristen- und Rentnerstadt, aber immerhin musste man sich dort als Beamtin im Höheren Dienst nicht bis zum 60. Lebensjahr verschulden, um ein kleines Reihenhaus finanzieren zu können.

In der ehemaligen Fabrik befand sich auch „Die kleine Brauerei", eine Gastwirtschaft mit Hausbrauerei, die zu Kevin Glosemeyers Lieblingsrestaurants gehörte. Asena sah ihre Kollegen vor dem Schaufenster von „Die kleine Druckerei". Kevin war sofort an seiner dunklen Hautfarbe und dem schwarzen, krausen Haar zu erkennen, denn sein Vater war ein afroamerikanischer GI gewesen.

Die Druckerei stellte vor allem handgearbeitete Drucke her, immer wieder auch teure, mit Bleisatz und in Handarbeit gedruckte Bücher. Eine Ausgabe von Goethes Faust gehörte mit einem Preis von 1.000,- Euro pro Stück zu den preisgünstigeren Angeboten.

Für 50.000,- Euro wurde dort ein zehnbändiges Lexikon angeboten – handgedruckt und handgebunden. Käufer gab es offenbar genug, mittlerweile arbeiteten vier Gehilfen mit in der Werkstatt, hinzu kamen freie Mitarbeiter, die beim Aktualisieren des Lexikons halfen, das aus der Insolvenzmasse eines bankrotten Verlags gekauft worden war. Kundschaft würde die Druckerei trotz des Preises schon finden, denn in keiner deutschen Stadt gab es mehr Millionäre als in Nürnberg.

Sie bestaunten noch einige Zeit die teuren Drucke, wenngleich schnell klar war, dass niemand von ihnen sich einen davon leisten konnte. Man beschloss deshalb, endlich zum Mittagessen zu schreiten.

Wenig später hatten sie ihren Tisch gefunden und Platz genommen. Kevin schien die Speisekarte auswendig zu kennen und bestellte, ohne einen einzigen Blick auf die Karte zu werfen.

Kaum war der Kellner gegangen, hört Asena hinter sich eine Stimme.

„Hallo Papa."

Sie drehte sich um und erkannte Marianne, Kevins Tochter. Ihr Foto stand auf dessen Schreibtisch, daher wusste Asena, dass die Frau mit den langen schwarzen Haaren und dem etwas dunkleren Teint seine Tochter war.

Die junge Frau legte ihrem Vater, der neben Asena saß, die Hand auf die Schultern. „Hätte ich mir ja denken können, dass Du hier bist."

„Warum auch nicht?", fragte Kevin seine Tochter. „Soll ich Burger essen, nur weil mein Vater US-Amerikaner war?"

Und Asena erklärte er: „Ich habe meinen leiblichen Vater nie kennengelernt und war auch noch nie in den USA. Von

Deutschland wurde mein Vater schon 1963, also gleich zu Beginn des Krieges, nach Vietnam versetzt. 1964 ist er dann angeblich dort gefallen. Das ist alles, was ich erfahren konnte.

Ich bin bei meiner Mutter und ihren Eltern in einem kleinen Dorf in der Fränkischen Schweiz aufgewachsen. Weil meine Mutter gearbeitet hat, war ich die meiste Zeit bei meinen Großeltern auf dem Bauernhof.

Für meine Mutter war es eigentlich nur eine Affäre gewesen. Sie war damals schon über 40 und hatte drei Kinder. Ihr erster Mann war im Krieg gefallen, ihr jüngstes Kind war schon 17 Jahre alt und fast aus dem Haus. Sie hatte endlich Zeit, sich um sich selbst zu kümmern. Für ihr Alter war sie noch eine ziemlich gut aussehende Frau. Und dann war da dieser junge Soldat, keine 20 Jahre alt und jünger als ihr ältester Sohn. Ein Nachfahre afrikanischer Sklaven."

„Dein Vater", warf Lukas ein, der die Geschichte sicher schon auswendig kannte.

„Genau, mein Vater. Es war, was meine Mutter so erzählte, eine kurze und leidenschaftliche Affäre. Dann wurde mein Vater nach Vietnam versetzt – und wenig später stellte meine Mutter fest, dass sie schwanger war."

„Haben Sie den Namen von ihrem Vater?", fragte Asena.

„Nein, mein Vater hieß George. Aber nachdem mein Halbbruder schon Georg hieß, brauchte ich einen neuen Namen. Meine Mutter wollte einen amerikanischen Namen und Kevin hieß ein Vetter zweiten Grades, der in New York lebte. Also wurde ich Kevin genannt, damals noch ein ziemlich seltener Name in Deutschland."

„Aber vom Namen abgesehen ist Papa der fränkischste Franke, den ich kenne", warf Marianne ein und lachte.

„Den Hang zu ausländischen Namen hat Ihr Vater offenbar nicht geerbt", sagte Lukas lachend zu Marianne. Tatsächlich hatte der alle vier Kinder nach Stars der volkstümlichen Musik benannt.

Die Getränke kamen. Kevin hatte sich, passend zum Krustenbraten, ein dunkles Bier bestellt. Freitags machte er oft mittags schon Feierabend, wenn nicht viel zu tun war. Deshalb sprach nichts gegen ein Bier.

Dann kam das Essen. Kevin aß mit großem Appetit und auch Asena war mit ihrem Essen nicht unzufrieden. Da klingelte ihr Diensthandy. Sie suchte eine alte Telefonzelle auf, die extra zu diesem Zweck im Vorraum stand. Das Münztelefon war ausgebaut, dafür stand ein Sessel darin, in den man sich während des Telefonierens bequem setzen konnte.

Kevin trank derweil sein Bier leer und bestellte ein zweites, das er ebenfalls bereits zur Hälfte geleert hatte, als Asena wieder zurückkam.

„Schlechte Nachrichten! Wir müssen noch einmal ins Büro."

Kevin schaute sein Bier traurig an.

„Was ist denn passiert?", fragte Lukas.

„Der Intendant des Bayerischen Rundfunks hat einen Beutel mit roter Farbe abbekommen. Wohl als Rache dafür, dass der Fränkische Rundfunk sich gestern aus der Übertragung der Meisterfeier des FC Bayern München ausgeklinkt hat."

So endete das Mittagessen schneller als geplant und die drei Polizisten machten sich auf den Weg zum Tatort. Weit mussten sie nicht gehen, denn der Fränkische Rundfunk hatte seinen Sitz am Rande des Regierungsviertels, in der ehemaligen Lorenzer Altstadt. Großherzog Heinrich II., der Enkel des ersten fränkischen Großherzogs, war ein moderner Mann. Deshalb hatte er 1883 den Abriss der Lorenzer Altstadt erlaubt. Sein Vater hatte sich jahrelang dagegen gewehrt, immerhin hatte Nürnberg als eine von wenigen Städten in Deutschland zu diesem Zeitpunkt noch eine relativ gut erhaltene Altstadt und das Bewusstsein für ihren Erhalt war in den letzten Jahrzehnten gestiegen. Auch der Komponist Richard Wagner, der von 1878 bis 1881 in Nürnberg gelebt hatte, war ein großer Freund der Altstadt. Doch kaum waren der alte Großherzog und Richard Wagner tot, fiel der südlich der Pegnitz gelegene Teil der Altstadt, St. Lorenz, der Nachfrage nach teuren Geschäftsräumen zum Opfer. Immerhin blieb der nördliche Teil, die sogenannte Sebalder Altstadt erhalten.

Auch die Stadtmauer wurde im Süden abgerissen und in einen Park verwandelt. Eine Zeit lang wurde diskutiert, hier einen neuen Hauptbahnhof zu bauen, damit die Züge in Richtung Osten weiterfahren konnten. Bis zum Bau des Eisenbahntunnels unter dem Regierungsviertel endeten alle Züge aus dem Osten am Ostbahnhof und alle aus dem Westen am Westbahnhof am Plärrer. Wer von Lauf, Amberg oder Weiden weiter nach Norden oder Westen wollte, musste erst über die Ringstrecke fahren oder die Straßenbahn vom Ost- zum Westbahnhof nehmen.

Ein großer Hauptbahnhof aber schien den Verantwortlichen damals dann doch zu viel Fortschritt, der wurde erst in den 1970er-Jahren gebaut. Und so entstand in dem Gebiet ein Park, der – im Stil der Romantik – mit Ruinen geschmückt war, die entweder beim Abriss der Stadtmauer bewusst stehen gelassen oder sogar neu errichtet worden waren.

Der Fränkische Rundfunk hatte seinen Sitz direkt an der Pegnitz, nach dem Krieg war dort ein riesiger Gebäudekomplex entstanden. Das Hochhaus des Senders war in den 50er-Jahren das höchste Frankens gewesen. In den 1970er-Jahren hatte man es noch um einen für die Zeit typischen Betonzweckbau ergänzt. Ältere Kollegen erzählten noch von den Häuserbesetzungen und den Straßenschlachten, als die vorher dort stehenden Altbauten abgerissen wurden.

Helmuth Erler, der Intendant des Fränkischen Rundfunks, war in einem Lokal in der Altstadt[9] zu essen gewesen. Dort hatte der Farbbeutelwerfer ihn erwischt.

Am Tatort kam ein Beamter auf sie zu. Hauptkommissar Eder war ein langjähriger Mitarbeiter von Asena.

„Frau Kriminaloberrätin, gut, dass Sie kommen. Der Intendant ist ziemlich außer sich und droht, wir hätten bald den gesamten Fränkischen Rundfunk zum Feind, wenn wir das ‚widerliche Verbrechen' nicht bald aufklären."

„Da hat sich wohl jemand für das schlechte Programm gerächt. Offenbar geht es darum, dass der FR sich neulich aus der Meisterfeier des FC Bayern ausgeklinkt hat."

„Vermutlich. Der Attentäter trug jedenfalls ein Bayern Trikot und hielt nach dem Attentat eine Bayern-Fahne hoch."

„Irgendwelche weiteren Anhaltspunkte?"

„Ein bekannter Paparazzo hat das Ganze fotografiert. Die ersten Bilder stehen schon im Internet. Moritz Riem – Sie könnten ihn kennen, er berichtet meist über die Schönen und Reichen, macht aber auch gern mal Verbrechen und Unfälle."

---

[9] In der Realität würde man genauer von der Sebalder Altstadt sprechen, aber diese Unterscheidung hat sich mit dem Abriss der Lorenzer Altstadt in diesem Buch erledigt.

„Habt Ihr ihn schon befragt?"

„Die Kollegen vor Ort haben bisher nur den Fall aufgenommen und die Leute befragt, die noch am Tatort war. Freund Riem war schon weg. Musste ja gleich seine Bilder verkaufen."

„Woher wissen wir, dass er es war?"

„Das Opfer hat ihn erkannt. Außerdem steht sein Name unter allen Bildern und Filmbeiträgen in den großen Nachrichtenportalen. Der hat das Geschäft seines Lebens gemacht. Er scheint eine Glückssträhne zu haben. Neulich hat er Prinzessin Kate auf einer Party der Nürnberger Schickeria fotografiert."

„Wen? Muss man die kennen?"[10]

Hauptkommissar Eder, der heimlich und mit großer Begeisterung Klatschmagazine las, war zunächst etwas irritiert über die Unwissenheit seiner Kollegin, antwortete dann aber nur: „Es reicht zu wissen, dass man für so ein Foto viel Geld kriegt. Leider waren die übrigen Zeugenaussagen nicht sehr ergiebig. Ich habe die Protokolle schon im Laufwerk eingestellt."

Die Altstadt war ein beliebtes Restaurantviertel für die Mitarbeiter der umliegenden Behörden, Unternehmensverwaltungen und Dienstleister. Hier befand sich auch das Lokal, in dem Erler gegessen hatte, ein bekanntes Restaurant mit gehobener mainfränkischer Küche, die „Würz-Burg". Es lag zwischen der Kirche St. Sebald und der Kaiserburg.

Asena hatte ihre beiden Kollegen in den Feierabend entlassen und sah sich selbst noch etwas um. Auf dem Pflaster vor dem Restaurant waren noch die Farbspritzer zu sehen. Der dritte Farbbeutel war gegen die Wand des Nachbarhauses geflogen und hatte dort einen großen roten Fleck hinterlassen.

---

[10] Das ist die Ehefrau einer der Söhne der englischen Königin. Wer es nicht wusste: Ich habe den Namen auch nachgeschlagen.

Sie war nicht die Einzige, die sich hier umsehen wollte. Eine ganze Reihe von Schaulustigen war gekommen und kommentierte die Tat.

„Krass, Alter. Marco hat's mir geschrieben. Und ich so: ‚Nicht wahr, Alter'. Und er so: ‚Fahr doch selbst hin, Alter.'"

„Ja, voll krass, Alter. Voll das Attentat."

„Nie hätte ich gedacht, dass es mal so weit kommt mit Deutschland. Dass die freie, kritische Presse in Angst leben muss."

„Erstaunt Sie das, werte Kollegin? Der faschistoide Geist ist aus den deutschen Köpfen noch lange nicht verschwunden. Das erlebe ich in meinen Deutsch- und Sozialkundestunden immer wieder."

„Da haben Sie recht, Herr Kollege. Ich sage meinen Schülerinnen und Schülern immer: ‚Der Untertan' von Heinrich Mann ist heute aktueller denn je."

„Allmächt na, sou a Sauerei. Däi junga Leid heidzudooch."

„Wèishéme dìbǎn shàng yǒu hóng qì?"

„Wǒ huáiyí nà shì yìshù."[11]

---

[11] Mandarin (Chinesisch), der Einfachheit halber in lateinische Schrift übertragen: „Was ist das für rote Farbe am Boden?" – „Ich vermute das ist Kunst."

Leider war auch ein Fernsehteam am Tatort. Es handelte sich um zwei Frauen, die freiberuflich für verschiedene lokale und überregionale Fernsehsender arbeiteten. Die beiden Journalistinnen hatten auch Asena erkannt und steuerten auf sie zu. Sie hielten sich gar nicht mit einer höflichen Ansprache auf, sondern streckten ihr sofort ein Mikrofon unter die Nase.

„Neben mir steht Kriminalkommissarin Asena Dallokay, die Leiterin der Abteilung für Hasskriminalität. Frau Dallokay, wer steckt hinter dem Anschlag?"

Asena verzichtete darauf die Journalistin zu korrigieren, dass sie Kriminaloberrätin sei, ihre Abteilung nicht für Hasskriminalität sondern für deren Bekämpfung zuständig sei und ihr Name auch anders ausgesprochen wurde. Stattdessen antwortete sie:

„Wir haben einige sehr wertvolle Zeugenaussagen bekommen und ermitteln bereits mit Hochdruck. Vermutlich werden wir Ihnen schon bald mehr sagen können. Aber bitte haben Sie Verständnis, dass wir beim gegenwärtigen Stand der Ermittlungen keine weiteren Angaben machen können."

„Sie wollen uns also nicht sagen, welche Motive dahinterstehen? Gibt es einen rechten Hintergrund?"

„Ich würde eher von einem Angriff von links ausgehen."

„Wirklich? Wie kommen Sie darauf?"

„Weil der Täter den Zeugenaussagen nach aus dieser links von mir liegenden Gasse kam."

„Sehr witzig. Das war's auch schon. Mehr Sendezeit haben wir nicht. Danke und Tschüssi."

Damit drehten sie sich um und verschwanden. Asena sah sich um. Der Tatort wurde so sorgfältig abgesperrt wie sonst nur bei einem Mord. Allerdings sah man kein Blut oder die Umrisse irgendwelcher Leichen. Da war einfach nur etwas Farbe an der

Wand und auf dem Boden. Ein aufgeklebtes X markierte den vermuteten Wurfort.

Asena ging den Fall noch mal durch. Erst stellte sie sich vor der Angreifer zu sein. Sie schlenderte aus der Gasse zu dem X. So hatte es auch der Attentäter gemacht. Laut Zeugenaussagen hatte er eine Maske auf, die das Gesicht eines Bayernstürmers zeigte. Trotzdem war er von niemandem wirklich beachtet worden, bis er die drei Farbbeutel warf. Der Intendant war zusammen mit zwei Kollegen aus dem Restaurant getreten. Einige Zeugen wollten gesehen haben, wie ein Mann eine ganze Weile lang an der Ecke wartete. Zunächst ohne Maske. Leider konnte sich keiner an das Gesicht erinnern. Und ein Zeuge schwor sogar, es habe sich um eine Frau gehandelt. Wer merkt sich schon das Gesicht einer x-beliebigen Person auf der Straße? Trotzdem würde sie die Leute noch mal befragen und ihnen Phantomfotos vorlegen. Immerhin war es besser als nichts.

Dann versetzte Asena sich in den Intendanten und schlenderte aus dem Lokal. Den Ort, an dem er getroffen worden war, hatten die Beamten nicht markieren müssen, denn die rote Farbe zeigte ihn unmissverständlich an.

Eine Reihe von Fragen stellte sich. Woher hatte der Attentäter gewusst, wo der Intendant war? War es Zufall oder war ihm der Farbbeutelwerfer vom Funkhaus gefolgt? Und warum hatte er nicht früher geworfen? War er ein Einzeltäter oder hatte er einen Komplizen?

Morgen würde sie mit dem Fotografen sprechen, der die Bilder gemacht hatte. Das würde ihrem Mann und den Kindern sicher nicht gefallen, schließlich war morgen Samstag. Aber sie wollte diese wichtige Aufgabe nicht an den diensthabenden Beamten delegieren, sondern selbst übernehmen.

BEIM FOTOGRAFEN MORITZ RIEM

Im Büro beauftragte Asena ihre Sekretärin, Moritz Riem anzurufen und einen Termin mit ihr zu vereinbaren. Erstaunlich schnell hatte sie nicht nur die Nummer herausgefunden, sondern auch den Paparazzo erreicht.

„Herr Riem fragt, ob Sie sich nicht gleich mit ihm treffen können?"

Asena blickte von ihren Verhörprotokollen zu ihrer Mitarbeiterin auf. Sie hatte bereits lange vor ihr hier angefangen zu arbeiten und dürfte mittlerweile etwa 60 Jahre alt sein. Asena überlegte kurz und antwortete dann: „Stellen Sie ihn bitte zu mir durch."

Die Sekretärin sah sie gequält an. Solche technischen Herausforderungen machten ihr Angst, doch erfahrungsgemäß schaffte sie es am Ende doch. Auch diesmal klingelte schon nach wenigen Sekunden das Telefon.

„Grüß Gott, Herr Riem. Kriminaloberrätin Asena Dalokay am Apparat. Ich höre, Sie haben jetzt gleich Zeit. Können Sie reinkommen. Oder soll ich bei Ihnen vorbeischauen?"

„Wenn Sie mich so fragen: Kommen Sie doch am besten gleich bei mir vorbei. Ich wohne direkt am Obstmarkt. Hausnummer 27."

Diesmal nahm Asena die U-Bahn. An der Lorenzkirche stieg sie aus und ging die letzten Meter zu Fuß. Riems Wohnhaus war eines der wenigen, die noch nicht saniert worden waren. In unverkennbarer 50er-Jahre Architektur stand es am von zahlreichen Restaurants umgebenen Obstmarkt. In der Mitte gab es einige Buden mit Obstverkäufern. Bei der Sanierung hatte man versucht, die alte Tradition als Umschlagplatz für Obst zumindest symbolisch wieder aufzunehmen, indem eine Handvoll Händler hier Früchte verkaufen durfte.

Am Haus mit der Nummer 27 klingelte Asena. Zu ihrer Überraschung meldete sich die Stimme einer alten Frau. „Ja?"

„Hier ist Kriminaloberrätin Dalokay. Ich würde gerne Herrn Giesing sprechen?"

„Meinen Sohn. Moment mal."

Dann war es still. Vermutlich fragte sie erst bei ihrem Sohn nach, ob sie den Besucher auch hereinlassen durfte. Erst nach ein bis zwei Minuten wurde kommentarlos der Summer betätigt und Asena stieg die Treppe bis zur Dachgeschosswohnung empor. Dort erwartete sie der Fotograf bereits.

„Hallo, Frau Oberkommissar. Das ist einer der wenigen Nachteile der Wohnung. Es gibt keinen Lift. Aber meine Mutter sitzt ohnehin am liebsten vor dem Fernseher und mir tut etwas Sport ganz gut."

„Eine schöne Wohnung haben Sie da", lobte Asena. Beim Betreten fiel ihr gleich auf, dass zwar die Lage sehr gut war, die Wohnung selbst aber eher heruntergekommen.

„Mein Vater hat sie für uns gekauft. Er war Vorstandsmitglied bei einem großen Konzern hier in Nürnberg. Meine Mutter war seine Sekretärin und er bereits verheiratet. Er kaufte meiner Mutter die Wohnung und überwies uns jeden Monat etwas Geld."

„Sie wohnen bei Ihrer Mutter?"

„Wie Sie sehen!"

„Verdient man als Fotograf so wenig?"

„Nein. Natürlich verdient man als Fotograf in Nürnberg, Hamburg oder Berlin nicht so viel wie in Paris, L.A. oder New York. Aber es ist sicher etwas mehr als Ihre Beamtenbezüge. Aber ich kann Mama ja nicht alleine lassen."

„Ihre Arbeit ist es also, den Schönen und Reichen aufzulauern und Fotos von ihnen zu verkaufen. Ist das nicht unmoralisch?"

„Ich sehe das als eine Art sozialistische Umverteilung. Die haben Geld, man jubelt ihnen auf der Bühne oder im Stadion zu. Dafür dürfen sie dann ein bisschen unter uns leiden."

„Helmuth Erler hat aber niemand zugejubelt."

„Ach, wegen dem Fernsehfritzen sind Sie hier. Ja, den hat es ordentlich erwischt. Aber Mitleid habe ich mit dem keines. Soll ich Ihnen was sagen? Ich habe auch für den Fränkischen Rundfunk schon heimlich Bilder von Schauspielern und Musikern gemacht. Die zahlen nicht so gut wie die Privaten, aber man muss sehen, was man kriegt."

„Haben Sie eine Kopie des gesamten Filmmaterials?"

„Na klar. Kommen Sie rein."

„Können Sie mir das Material nicht auf eine DVD brennen?"

Die ganze Zeit hatten sie im Flur gestanden, jetzt folgte Asena dem Fotografen in ein Zimmer, das er unverkennbar seit Kindertagen bewohnte. Die Möbel waren überwiegend noch im Stil der 1980er-Jahre gehalten und im Regal standen alte Jugendbücher. Wirklich neu waren nur die Rechner, der Fernseher und eine ganze Auswahl von Kameras. Neben dem mit zwei modernen Flachbildschirmen ausgestatteten PC lag noch ein Notebook. Auf diesem wiederum war eine DVD abgelegt worden, die ganz offenbar die entsprechenden Aufnahmen enthielt.

„Sie haben sowohl Film- als auch Fotoaufnahmen verkauft. Verraten Sie mir, was Sie dafür bekommen haben? Nur aus Neugier."

„Nein, aber ich könnte von dem Geld eine ganze Weile leben."

Na klar, dachte Asena. Wer mit fast 40 noch in seinem Kinderbett schlief und zu Hause wohnte, hatte vermutlich auch keine hohen Ausgaben. Und die Bilder vom Attentat waren wirklich sehr gut geworden.

„Woher wussten Sie von dem Anschlag? Oder waren Sie nur zufällig am Tatort?"

„Anschlag ist ein schweres Wort, Frau Oberkriminalkommissarin."

„Kriminaloberrätin."

„Oh, Entschuldigung. Ist das höher oder niedriger?"

„Höher."

„Nun, Sie wollen wissen, woher ich von dem ‚Anschlag' wusste. Ganz einfach, ich bekam einen Anruf von einem Informanten. Wissen Sie, normal sieht meine Arbeit so aus: Ein Kellner oder ein Hotelangestellter ruft mich an, wenn er jemand Berühmtes sieht. Ich komme dann und warte. Warten ist ein großer Teil meines Jobs. Manchmal setze ich mich auch einfach vor einen angesagten Club oder ein teures Restaurant und hoffe, dass jemand kommt, den es lohnt zu fotografieren."

„Und dieses Mal haben Sie einen Tipp bekommen?"

„Diesmal bekam ich einen Anruf, in dem mir schon relativ genau Ort und Uhrzeit mitgeteilt wurden."

„Von einem Fremden?"

„Nein. Aber verstehen Sie bitte, dass ich nicht mehr sagen kann. Nur so viel: Dieser Mann ist mit Sicherheit nicht Ihr Attentäter. Woher er die Information hat, ist mir selbst unbekannt. Ich kann es mir auch nicht erklären. Von daher bezweifle ich, dass Sie darauf kommen, wer es ist. Was ich dagegen sicher weiß ist, dass Sie gehörig Ärger bekommen, wenn Sie mir nachstellen. Sie wissen schon, Beeinträchtigung der Pressefreiheit und so. Auch einige große Zeitungen und Sender bekommen von mir regelmäßig Material."

„Drohen Sie mir?"

„Ja."

Meistens konnte Asena sich das Wochenende freihalten. Doch angesichts der Brisanz des Falls sichtete sie am Samstag und Sonntag die Zeugenaussagen und den Bericht der Spurensicherung. Hinter dem Anschlag steckten vermutlich radikale Fußballfans oder südbayerische Separatisten, so viel schien klar. Aber davon gab es ziemlich viele. Außerdem war die Täterbeschreibung sehr vage. Ein Mann, vielleicht auch eine Frau, in einem FC Bayern München Trikot und mit einer Maske, die einen Spieler der Bayern zeigte. Welcher es aber war, darüber gab es unterschiedliche Aussagen. Vielleicht stellte die Maske auch Maximilian IV dar, den letzten bayerischen Herrscher, wie andere Zeugen ausgesagt hatten. Größe: Je nach Aussage, zwischen 1,60 und 1,80 Meter. Schlank, trug Jeanshose und Turnschuhe, die entweder von Puma oder von Reebok und entweder grau und rot, weiß und rot oder rot und schwarz waren.

Daneben lag eine Liste mit bekannten Straftätern, die im Zusammenhang mit Fußball oder der bayerischen Unabhängigkeitsbewegung aktenkundig geworden waren. Asena gab die Liste einem Kollegen mit der Bitte, die Personenbeschreibung mit den äußeren Merkmalen der üblichen Verdächtigen abzugleichen und jene herauszufinden, die infrage kamen.

„Asena!" Kevin schaute vorsichtig in das Büro. „Da ist was, was Dich interessieren könnte. Eine Frau aus Neu-Almoshof hat angerufen und erzählt, dass ihr Nachbar kurz nach dem Attentat in einem FC Bayern München Trikot ziemlich aufgeregt nach Hause kam. Eine Frau Pettinger, wohnhaft *An der Landebahn* 7."

Der Hinweis war nicht nur eine neue Spur, sondern auch eine gute Gelegenheit die Schreibtischarbeit etwas ruhen zu lassen. Zusammen mit Kevin setzte Asena sich ins Auto und fuhr nach Norden. Neu-Almoshof war erst vor wenigen Jahren auf dem

Gelände des ehemaligen Flughafens gebaut worden. Das Viertel war bei Studenten und Wissenschaftlern sehr beliebt, weil gleich nebenan der neue medizinische Campus der TU Nürnberg gebaut worden war.

Das Haus mit der Nummer 7 war ein zehnstöckiger Neubau. Frau Pettinger, die der Polizei den Tipp gegeben hatte, wohnte im sechsten Stock. Sie war um die 70 Jahre alt und nach eigenen Angaben vor einem Jahr hier eingezogen, weil es in ihrer alten Wohnung keinen Aufzug gab. Bemerkenswert offen erklärte sie den beiden Polizisten, dass sie etwas neugierig sei und daher hin und wieder durch den Spion sah, wenn sie Schritte auf der Treppe hörte. Viel gesehen hatte sie aber nicht, nur eine Person im Bayern München Trikot, die angeblich sehr aufgeregt war, obwohl Frau Pettinger sie nur von hinten gesehen hatte und noch nicht einmal wusste, ob es ein Mann oder eine Frau gewesen war. Eine gute Spur sah anders aus, aber es gehörte zum Alltag einer Ermittlung auch solchen Hinweisen nachzugehen.

„Woher wissen Sie, dass die Person im achten Stock wohnt?", fragte Asena.

„Ich habe gehört, wie sie die Treppe rauf gegangen ist. Sie ist auf jeden Fall mehr als ein Stockwerk rauf."

„Dann könnte sie doch auch in den neunten oder zehnten Stock gegangen sein?"

„Nein, im zehnten Stock gibt es ein Penthouse, da wohnt ein hohes Tier von einer großen Werbeagentur. Und die im neunten Stock kenne ich alle. Früher haben sich in Nürnberg ja alle gekannt. Aber heute ist es schon ein Wunder, wenn man überhaupt noch jemanden kennt. Wäre ich nicht so kommunikativ, ich würde niemanden kennen. Wissen Sie, ich bin 1950 geboren. Da war Nürnberg noch wie ein großes Dorf. Als ich 1970 meine erste eigene Wohnung hatte, hat sich die Hausgemeinschaft regelmäßig getroffen. Wir haben gegrillt und Bier getrunken. Aber heute … In den letzten 30 Jahren ist alles anders geworden – und nicht besser."

Asena kannte die Klagen. Nürnberg war seit dem Zweiten Weltkrieg stark gewachsen. Vor allem ab den 1960er-Jahren, als die Stadt zu einem Motor der wirtschaftlichen Entwicklung geworden war. 1972 wollte die Stadt sich sogar als Austragungsort für die Olympischen Spiele bewerben, doch die eher bodenständigen Nürnberger waren dagegen. Diese Form der Selbstinszenierung hatte man nicht nötig. Und so wurden die Spiele der XX. Olympiade in Madrid durchgeführt.

Asena war damals nur wenige Monate alt. Aber sie hatte in der Polizeiausbildung viel über den vereitelten Entführungsversuch palästinensischer Terroristen in Madrid gehört. Diese wollten die israelische Mannschaft entführen, wurden dabei aber von der Guardia Civil getötet.

Die alte Frau klagte noch länger über die Zustände im neuen Nürnberg. Die hohen Mieten, das Aussterben alter Lokale zugunsten teurer Restaurants und die hohe Fluktuation in den Mehrfamilienhäusern. Als sie geendet hatte, fragte Asena nach:

„Wie viele Parteien wohnen denn hier je Stockwerk?"

„Unten immer drei, auf jedem Stockwerk gibt es zwei Zwei-Zimmer-Wohnungen und eine Ein-Zimmer-Wohnung. Ab dem siebten Stock gibt es nur noch zwei Drei-Zimmer-Wohnungen und im zehnten Stock nur noch eine Wohnung."

„Also wohnen im achten Stock nur zwei Parteien. Und eine davon suchen wir. Dann nichts wie los."

Die zwei Stockwerke gingen Kevin und Asena zu Fuß. Tatsächlich gab es nur zwei Wohnungen, auf denen die Namen Ebner und Krepold standen. Herr Ebner war ein alter Witwer, der kaum noch gehen konnte und der allein lebte. Auch er klagte über „das neue Nürnberg", vor allem die gestiegenen Bierpreise, ehe die Polizisten ihn endlich abwimmeln konnten. Kevin klingelte gegenüber. Niemand öffnete. Die beiden Polizisten wollten gerade wieder gehen, als sie Schritte im Flur hörten und die Tür geöffnet wurde. Im Türrahmen stand eine etwa 40 Jahre alte Frau mit blonden Haaren.

„Entschuldigung, wir kommen von der Kriminalpolizei und würden gerne ihren Mann sprechen."

„Wen? Ich kann mich nicht erinnern, jemals verheiratet gewesen zu sein."

„Nun, dann ihren Lebensabschnittsgefährten oder Freund."

„Gibt's auch nicht. Was wollen Sie?"

Dann erst fiel Asena auf, dass die Frau ein Bayern München Trikot trug.

„Dürfen wir reinkommen und das drinnen besprechen?", fragte Asena.

Die Wohnung sah aus wie der städtische Müllplatz. Überall lagen leere Tüten und Dosen, Stifte und Papiere voller Diagramme und Zahlen herum. Dazwischen standen halb leere Kaffeetassen und Teller mit Speiseresten. Halbwegs gepflegt sah nur der PC aus, der auf einem Schreibtisch mit Blick nach draußen stand.

„Ich biete Ihnen jetzt keinen Platz an", sagte Frau Krepold bestimmt. Immerhin habe ich Sie nicht eingeladen und wenn ich jetzt das Sofa freiräume, finde ich anschließend nichts mehr."

„Haben Sie Angst, dass wir Ihre *Ordnung* zerstören?", fragte Kevin spitz.

„Ja, das habe ich. Auch wenn Sie es nicht glaube, ich weiß genau wo ich was abgelegt habe. Ich arbeite freiberuflich, das hier ist also mein Arbeitsplatz."

Asena beäugte die Frau kritisch. „Sie tragen Ihr Trikot wohl ständig?"

„Ja, ich bin bekennender Bayern München Fan. Ist das jetzt schon ein Verbrechen?"

„Nein, aber Sie haben sicher von der Farbbeutelattacke auf den Chef des Fränkischen Rundfunks gehört."

„Habe ich. Und gefreut habe ich mich. Geschieht dem Typen ganz recht! Aber ich war zu der Zeit im Stadion."

„Im Stadion? Aber das Bayern-Spiel war doch schon zwei Tage vorher gewesen."

„Zweite Mannschaft. Haben gegen die Spielvereinigung Nürnberg-Fürth gespielt. Aber haben verloren."

„Am Abend waren Sie wieder hier", warf Asena ein.

„Wollen Sie mich jetzt verhaften?"

„Nein", besänftigte Asena. „Wir versuchen nur ein Verbrechen aufzuklären."

„Verbrechen", schnaubte Frau Krepold. „Ein bisschen Farbe ist doch kein Verbrechen! Gut, dass die Polizei offenbar keine anderen Sorgen hat!"

Asena ließ die Frau schimpfen und betrachtete sie. Die Haare waren kurz geschnitten, aber den Körperbau konnte man durchaus als weiblich bezeichnen. Es hätte einem Beobachter auffallen müssen, dass im Trikot kein Mann steckte. Asena unternahm deshalb noch einen Versuch und frage: „Hatten Sie gestern vielleicht Herrenbesuch?"

„Ich weiß zwar nicht, was Sie das angeht, aber ich treffe mich mit Männern immer nur in deren Wohnung. Will nicht, dass die mir sonst eines Tages vor der Tür stehen und eine Zugabe wollen", erklärte Frau Krepold freimütig.

„Zumal du vorher dann immer aufräumen müsstest", dachte Kevin.

Frau Krepold nannte noch die Namen von zwei anderen Fans, die sie an dem Tag im Stadion getroffen hatte und die ihr Alibi angeblich bestätigen konnten. Aber Asena war sich ohnehin sicher, dass die Frau nichts mit dem Farbbeutelanschlag zu tun hatte. Die beiden Polizisten verabschiedeten sich und fuhren im Aufzug zurück ins Erdgeschoss.

„Soll ich ihr Alibi überprüfen?", fragte Kevin.

„Ja, auch wenn sie es nicht war. Wir suchen einen Mann oder zumindest eine sehr flachbrüstige Frau. Hast du nicht diesen enormen Busen gesehen?"

„Wo denkst Du hin, natürlich nicht!"

„Hättest Du aber tun sollen", versicherte Asena. „Rein dienstlich, natürlich."

Asena lenkte das Auto durch den Altstadttunnel bis zur Ausfahrt Altstadt Mitte, um es im dortigen Hauptmarkt-Parkhaus abzustellen. Der Name erinnerte noch daran, dass dort bis ins 19. Jahrhundert der größte Nürnberger Marktplatz gewesen war. Nach dem Bau des neuen Marktplatzes mit Kleinmarkthalle im südlichen Teil war der ehemalige Hauptmarkt überbaut worden. Schon zur Zeit des Nationalsozialismus hatte man dort ein großes Parkhaus geplant, das 1953 endlich gebaut worden war. Der Bau des Altstadttunnels 1976, der direkt darunter durchführte und eine Ausfahrt ganz in der Nähe hatte, machte es zum beliebtesten, aber auch teuersten Parkhaus der Stadt.

Asena parkte den Dienstwagen im zweiten Stock, dann gingen sie aus dem Parkhaus und waren nach wenigen Schritten am Tatort. Der war nicht mehr abgesperrt, aber die rote Farbe war noch immer zu sehen.

Direkt neben einem Elektronikgeschäft, dessen Logo einen angebissenen Apfel zeigte, lag die Würz-Burg. Vor der Lorenzkirche machte gerade ein jung vermähltes Paar Fotos und eine ganze Reihe von Touristen fotografierte mit.

„Nach unseren Informationen ist der Mann in Richtung Süden geflohen, die letzte Personenbeschreibung haben wir in der Nähe der Herzogspitalstraße."

Die Straße führte am 1865 als Konkurrenz zum Heilig-Geist-Spital gebauten Herzogsspital vorbei in Richtung der Kleinmarkthalle und des Neuen Marktes[12].

„Meinst du, er hat versucht im Markt unterzutauchen?", fragte Kevin.

„Glaube ich nicht, da wäre er mit seiner Montur aufgefallen", antwortete Asena. „Wir hätten längst einen Hinweis bekommen."

„Überwiegend gibt es dort Touristen, die haben von unserem Fahndungsaufruf womöglich nichts mitbekommen."

„Nein. Auch viele Nürnberger kaufen dort ein. Und das Attentat war deutschlandweit in den Medien. Zumindest die deutschen Touris hätten das mitbekommen müssen – und das sind die meisten."

Trotzdem steuerten die beiden auf die Kleinmarkthalle zu. Asena liebte diesen Ort, denn hier gab es auf rund 2.000 Quadratmetern[13] kulinarische Spezialitäten aus der ganzen Welt. An einem Stand wurden ausschließlich Zutaten für die äthiopische Küche angeboten, ein zweiter verkaufte italienische Spezialitäten und ein dritter hatte sich ganz auf Gewürze für ostasiatische Gerichte spezialisiert.

---

[12] Hat nichts mit Aktien zu tun, sondern ist der neue Marktplatz Nürnbergs, den es in der Realität ebenso wie das Herzogsspital, die Fränkische Börse und so ziemlich alles, was in diesem Buch angeblich in der südlichen Altstadt steht, nicht gibt. Einzige Ausnahme ist die Lorenzkirche, die gibt es wirklich.
[13] Damit ist die fiktive Nürnberger Kleinmarkthalle rund ein Drittel größer als ihr reales Vorbild in Frankfurt am Main.

Sie fragten sich durch die Stände, doch schnell war klar, dass der Attentäter hier nicht vorbeigekommen war.

„Wissen Sie, wie viele Menschen hier vorbeikommen? Wollen Sie vielleicht eine genaue Aufstellung von mir, welche Fußball-Fans mit welchen Trikots in den vergangenen 14 Tagen hier vorbeigekommen sind? Im Gegensatz zu den Beamten habe ich keine Zeit, Löcher in die Luft zu schauen."

„Wos mächsd? An Bayern-Fan? Na, däi loss mer do gar ned ersd nei."

„Baien Munchen? Nix gute Mannschaft. Ich große Fan von Glubb."

Am frühen Nachmittag machte sich Asena auf den Weg nach Hause. Kevin verbrachte noch etwas Zeit mit Schreibarbeit im Büro. Er mochte diese Arbeit manchmal. All diese Krimiautoren, deren Helden immer nur auf der Straße unterwegs sein wollten, hatten keine Ahnung, wie anstrengend das war. Nicht, dass ihm die Arbeit keinen Spaß gemacht hätte. Aber zur Abwechslung war es auch mal schön am Schreibtisch zu sitzen, in Ruhe Kaffee zu trinken und etwas Schreibarbeit zu erledigen. Das war zwar nicht spannend, aber es war warm und man konnte dabei Kaffee trinken.

Die Protokolle der Zeugen langweilten ihn aber schnell. Die meisten gaben entweder Belanglosigkeiten von sich oder schmückten sehr fantasievoll etwas aus, was sie vermutlich gar nicht gesehen hatten. Standen in einer Aussage sehr viele detaillierte Informationen, dann konnte man davon ausgehen, dass der Großteil des Berichts so offensichtlich falsch war, dass man auch die wenigen interessanten Details infrage stellen musste – zumal sie sich oft widersprachen. Einer wollte beispielsweise gesehen habe, dass der Angreifer den rechten Arm zum Faschisten-Gruß streckte. Ein anderer Zeuge hatte dagegen beobachtet, dass er die linke Faust zum Kommunisten-Gruß ballte. Auf den Aufnahmen war aber weder das eine noch das andere zu sehen. Nur ein Mann – vermutlich war es ein Mann – der einen Farbbeutel warf und dann möglichst schnell wegrannte. Genauso, wie es Kevin auch gemacht hätte: Werfen und dann schnell weg.

KEVIN

Es war kurz nach 17.00 Uhr, als Kevin sich zu Fuß auf den Weg zum Hauptbahnhof machte. Die Sonne schien und er überlegte kurz, ob er zur Station Steinbühl laufen sollte. Der Weg war etwas weiter, aber er führte mitten durchs Regierungsviertel und anschließend durch einen Park, der das Viertel aus Ministerien und Behörden umschloss. Früher hatte es darin sogar Hirsche gegeben, denn der König war ein großer Freund der Jagd. Die letzten waren erst im Hungerwinter 1917 von den Nürnbergern zu Gulasch verarbeitet worden.

Doch seine Frau wartete sicher schon und so entschied sich Kevin den direkten Weg zum Hauptbahnhof zu gehen. Er betrat den Hauptbahnhof, den ehemaligen Westbahnhof, von Süden her. Als Kevin ein Kind war, endeten viele Züge am Süd- oder am Ostbahnhof und der Westbahnhof war ein reiner Kopfbahnhof gewesen. Heute hielten die meisten Fernverkehrszüge im Tiefbahnhof unterhalb des alten Bahnhofs und fuhren von dort direkt unterirdisch nach Süden weiter. Der Bamberger Bahnhof, ein Flügelbahnhof für die Züge in Richtung Nordosten[14], war dafür abgerissen und durch ein Parkhaus ersetzt worden.

Der Regionalzug nach Bamberg, mit dem Kevin das erste Stück des Weges zurücklegte, nutzte jetzt den alten Kopfbahnhof. In Forchheim musste Kevin in die S34 nach Pegnitz[15] umsteigen. In Streitberg stieg er aus. Von hier waren es noch etwa zehn Kilometer mit dem Auto bis zu seinem Wohnort.

---

[14] Natürlich ist der Bamberger Bahnhof an den Münchener Hauptbahnhof angelehnt, wo es mit dem Starnberger und dem Holzkirchner Bahnhof sogar zwei Flügelbahnhöfe gibt. Einen Hauptbahnhof gibt es allerdings in München schon lange.

[15] Richtig, hier geht es um die Strecke entlang der Wiesent, die heute ab Ebermannstadt von der Dampfbahn Fränkische Schweiz betrieben wird. Bis Pegnitz ging diese Strecke nie, aber in unserem Buch ist Nürnberg ja Landeshauptstadt und hat rund 1,5 Millionen Einwohner.

Schon vor Eröffnung der S-Bahn-Strecke 1984 war das Wiesenttal zu einem beliebten Wohngebiet für Arbeitnehmer aus dem Nürnberger Stadtteil Erlangen geworden. Ein endloses Band von Einfamilienhäusern durchzog das einst ländlich geprägte Tal.

Kevin hatte diese Expansion der Stadt ins Umland viel Geld eingebracht, denn seine Großeltern hatten einen Teil ihres Landes teuer verkaufen können. Aber er war froh einige Kilometer über den Berg zu wohnen, wo sich der Andrang bisher in Grenzen hielt.

Er setzte sich ans Steuer des alten Mercedes, den er bereits in den 1980er-Jahren gekauft hatte und seitdem fuhr. Er legte eine Kassette mit böhmischer Blasmusik in den Kassettenrekorder und freute sich auf den Blick, den man von der Höhe ins Nachbartal hatte. Seine Frau und er lebten auf dem alten Hof seiner Großeltern. Die Milchviehhaltung hatten sie nach deren Tod aufgegeben, aber nach wie vor besaßen sie ein paar Hühner, ein paar Rinder als Schlachtvieh und zwei Schweine für den Eigenbedarf an Wurst und Fleisch.

Üblicherweise verbrachten er und seine Frau den Samstag damit, sich um die Tiere zu kümmern, den Stall sauberzumachen oder auf dem Feld zu arbeiten. Er bewirtschaftete nach wie vor ein kleines Stück Ackerland, wo aktuell nur Gras wuchs, das er entweder als Winterfutter für die Kühe einlagerte oder an eine Biogasanlage verkaufte.

Heute hatte seine Frau allein arbeiten müssen. Ein paar Arbeiten musste er auf nächsten Samstag verschieben. Am Sonntag zu arbeiten kam für ihn als gläubigen Katholiken nicht infrage. Zu allem Überfluss musste seine Frau auch heute Abend auf seine Gesellschaft verzichten, denn Samstag war Stammtisch.

Der Stammtisch bestand aus sieben Männern, die alle hier im Dorf geboren waren und noch immer dort lebten. Das Gasthaus hatte sich seit dem letzten Umbau in den 1970er-Jahren kaum verändert, außer dass für jedes Jahr, in dem der 1. FC Nürnberg die Meisterschaft gewonnen hatte, ein weiteres Mannschaftsfoto dazu gekommen war. Und das waren ziemlich viele.

„Also, wenn Ihr mich fragt, wird Kevin den Farbbeutelwerfer nie finden. Nichts gegen Dich als Polizisten Kevin", erklärte Helmuth, der den Hof seines Vaters übernommen hatte. „Aber es gibt zu viele, die den Fränkischen Rundfunk hassen. Jeder kann es gewesen sein."

„Ach was, Kevin macht das schon", warf Karl-Heinz ein, ein selbstständiger Elektromeister. „Kevin, unser Superhirn bei der Polizei. Warst schon in der Schule der schlauste von uns."

Kevin antwortete nicht, denn er hatte sich gerade von der Brotzeitplatte, die er als Abendessen bestellt hatte, ein großes Stück Brot mit rotem Presssack in den Mund geschoben. Er dankte dem Freund mit einem Nicken für den freundlichen Kommentar und spülte mit einem großen Schluck Dunkelbier nach. Dann erst antwortete er: „Wir kriegen ihn schon."

Am Montag war Kevin schon als einer der Ersten im Büro. Im Büro lag ein Zettel der Teamsekretärin auf dem Tisch.

„Hallo Kevin, habt Ihr Euch schon mal gefragt, woher die Journalisten von Tele 7 ihr ganzes Wissen über den Fall haben? Gruß, Marina."

Marina, eine lebenslustige Frau kurz vor der Pensionierung, war ebenfalls schon im Büro.

„Hallo Marina, danke für Deinen Hinweis. Ich habe die Sendung nicht gesehen, um was ging es da?"

„Kann ich meine abendliche Fernsehzeit als Dienstzeit aufschreiben, wenn ich es Dir verrate?"

„Ich kann Dir stattdessen meine ewige Dankbarkeit versprechen."

„Habe ich die nicht schon?"

„Doch, natürlich. Aber dann wäre ich Dir noch dankbarer. Falls das noch möglich ist."

„Verspricht mir einfach, dass Du mich nicht vergisst, wenn ich nächstes Jahr in Rente gehe."

„Ich verspreche Dir, dass ich Dich zu allen Weihnachts- und Sommerfeiern der Abteilung einlade."

„Gut, also auf ‚Vorsicht, Verbrechen' hatten sie gestern Abend einen Bericht über unser Attentat. Es kam sogar deutschlandweit, nicht in der Franken-Ausgabe."

„Und? Was sagen die?"

„Dass es gar kein Bayern-Fan war. Es geht um einen internen Machtkampf. Helmuth Erler hat nämlich einen Grünen auf den Chefsessel des Politikressorts gesetzt, obwohl die Schwarzen den Posten seit Jahren für sich beanspruchen."

„Und weiß Tele 7 auch, wer der Farbbeutelwerfer ist? Vielleicht ein übergangener Journalist aus dem FR?"

„Nein, das haben sie nicht gesagt. Frag' sie doch."

Eine halbe Stunde später war auch Asena im Büro. Sie telefonierte kurz mit dem Fernsehsender und erstaunlich schnell hatten sie einen Termin.

„Ich muss jetzt gleich in eine Besprechung mit der Kriminalrätin. Kevin, gehen Sie mit Lukas dorthin."

Der private Fernsehsender hatte seinen Sitz in einem Neubau in der Bürostadt West, dort wo früher einmal die Stadtteile St. Johannis und Schniegling gewesen waren. Schon direkt nach dem Krieg hatten Stadtplaner von einem völlig neuen Stadtteil geträumt. Zunächst entstanden hier viele Übergangsquartiere. Nachdem die ab den 1960er-Jahren nicht mehr gebraucht wurden, wurde eine Bürostadt mit frei stehenden Verwaltungsgebäuden in Sichtbeton, großen Parkhäusern, kreuzungsfreien Straßen und Wegen und viel Platz für Autos gebaut.[16]

Zwei große Banken residierten hier, eine noch größere Versicherungsgesellschaft und ein noch größerer Elektrokonzern. Allerdings war das Viertel etwas in die Jahre gekommen.

„Ich kann mich noch erinnern, als sie die alte Oberpostdirektion vor zehn Jahren gesprengt haben", erzählte Kevin.

„Das sollten sie damit auch machen", meinte Lukas und zeigte auf einen leer stehenden Betonklotz. Das Gebäude hatte eine

---

[16] Am ehesten kann man sich das vorstellen wie die City Nord in Hamburg oder die Bürostadt Niederrath in Frankfurt.

Tochtergesellschaft des nahen Elektrokonzerns beherbergt, die mittlerweile innerhalb der Stadt in den Stadtteil Erlangen umgezogen war. Viele Fenster waren zerschlagen, der Sichtbeton mit Graffiti überzogen.

Kevin antwortete nicht direkt, sondern erzählte weiter.

„Das war eine Show. Bumms, hat's gemacht und dann ist das ganze Haus in sich zusammengesunken. Und gestaubt hat's ordentlich."

„Und was steht da jetzt?"

„Das da vorne, unser Ziel. Hermann-Luppe-Ring 41, der Sitz von Tele 7."

Tatsächlich stand wenige Meter weiter ein Hochhaus, das nicht zum Stil der übrigen passte und sichtbar erst vor einigen Jahren errichtet worden war. Außen war ein großer Fernsehschirm angebracht, an dem alle Programme der Sendegruppe gleichzeitig liefen. Das Dach war übersät mit Satellitenempfängern und Antennen.

„Das ist aber Hermann-Luppe-Ringe 43. 41 ist hier!" Lukas zeigte auf das Haus, vor dem sie gerade standen.

„Oh, was ist denn hier passiert?", fragte Kevin. „Hier stand früher die Zentrale der Fränkischen Rück, einer Rückversicherung."

„Die sind doch jetzt im Osten."

„Ja, und das Haus wurde offenbar umgebaut."

Die Form des treppenförmig aufgebauten Hauses war unverändert, allerdings hatte man den Beton mit unterschiedlichsten Materialien verkleidet. An vielen Stellen sah man aber auch noch den alten Sichtbeton. Die Dachflächen waren begrünt und kleine Erker brachen die strenge, nüchterne alte Struktur auf. Trotz der Erker und der Pflanzen wirkte das Haus aber futuristisch, wie aus der Zukunft gekommen. Vielleicht lag es am großzügigen Einsatz von Aluminium und auch Kunststoffen, an den großen Glasfenstern an einigen Stellen und den Satellitenschüsseln, die bewusst an der Fassade angebracht waren.

„Sieht doch gut aus", meinte Lukas.

„Na ja, wer's mag", entgegnete Kevin, der in architektonischen Dingen eher konservativ war. Er blickte noch mal auf seinen Zettel.

„Hermann-Luppe-Ring 41 – Café Zukunft" stand dort. Er war davon ausgegangen, dass das Café Zukunft im Gebäude des Fernsehsenders untergebracht war, aber offenbar befand es sich im Nachbarhaus.

Sie betraten das Café, das wie der Name versprach, einer Science-Fiction-Serie zu entspringen schien. Während es Kevin eher ungemütlich fand, gefiel es Lukas gut. Seiner Meinung nach war es langsam genug mit den ganzen Retro-Trends und Zeit wieder mal etwas Neues zu wagen.

„Da vorne sitzt er", erklärte Lukas und zeigte auf einen kleinen Tisch. „Ich kenn' ihn aus dem Fernsehen."

Vor ihnen saß ein Mann, Mitte 30, mit sorgsam gepflegtem Drei-Tage-Bart, Jeans, Seidenhemd und auffällig roten Schuhen.

„Vorsicht", warnte Kevin. „Fast hättest du den Roboter über den Haufen gerannt."

Tatsächlich stand dort ein Roboter, dessen Bildschirm jetzt ein lachendes Gesicht aufsetzte und der sich leicht verneigte. „Entschuldigen Sie, meine Herrschaften."

Sie traten auf den Mann am Tisch zu.

„Michael Obermeier?", fragte Kevin.

„Nennen Sie mich Michael", antwortete der Angesprochene. Er sprach seinen Vornamen englisch – Mei-käl – wofür er von Kevin, obwohl selbst mit einem englischen Vornamen ausgestattet, gleich Minuspunkte bekam. Er stellte sich und seinen jungen Kollegen kurz vor, dann kam er direkt zum Thema.

„Interessante These, die Sie in Ihrer Sendung aufgestellt haben: Dass der Farbbeutelwerfer ein interner Mitarbeiter war. Vielleicht der übergangene Kandidat der Schwarzen?"

„Die übergangene Kandidatin, um genau zu sein", korrigierte Michael. „Aber nein, Frau Frankenstein war es nicht."

Was für ein unglücklicher Nachname, dachte Kevin. Auch in Franken.

„Warum sind Sie sich da so sicher?"

„Wie der Zufall es will war ich genau zu jenem Zeitpunkt mit Franziska essen."

„Sie meinen Frau Frankenstein?"

„Eben jene, Dr. Franziska Frankenstein."

„Dann ist Frau Frankenstein vermutlich Ihre Quelle?"

„Das werde ich Ihnen, wie Sie sich sicher denken können, nicht sagen."

„Gibt es denn etwas, was Sie uns sagen dürfen und was wir noch nicht wissen?"

In der Zwischenzeit rollte ein Roboter heran, der ein Tablett brachte. Kevin bekam Hunger, als er das Essen sah. Allerdings stellte sich schnell heraus, dass die Scheibe Leberkäse nicht echt war.

„Essen aus dem 3D-Drucker", erklärte Michael. „Der Leberkäse besteht überwiegend aus einem Algen-Grundstoff. Total kalorienarm und die Öko-Bilanz ist auch super."

Tatsächlich war Michael extrem durchtrainiert und hatte kein Gramm Fett zu viel am Leib.

„Ich muss meine Öko-Bilanz schonen", erklärte Michael weiter. „Meine Freundin lebt in Hongkong. Ich arbeite hier immer zwei Wochen durch, dann bin ich vier Tage drüben. Hier hält man es auch nur aus, wenn man arbeitet. Von wegen ‚Weltstadt mit Tradition‘, keine Stadt in Deutschland ist eine echte Weltstadt. Lauter Millionendörfer. Am schlimmsten ist Berlin, märkische Provinz, sonst nichts."

Kevin ärgerte sich. Berlin mochte er auch nicht. Aber was Michael über Nürnberg sagte, schmerzte ihn schon.

„Asien ist die Zukunft. Aber das lässt auch schon nach. Afrika wird das nächste große Ding, sage ich Ihnen. Wir überlegen, ob wir nach Lagos ziehen sollen. Riesige Stadt und die Menschen voller Ideen. Aber die Kriminalität und die Hitze dort. Wir haben uns halt doch an einen bestimmten Standard gewöhnt, gell?"

„Sie wollten uns sagen, was Sie noch wissen und wir noch nicht. Und Sie uns sagen dürfen", brachte Kevin das Gespräch auf das Thema zurück.

„Ja, Entschuldigung", sagte Michael zwischen zwei Bissen und sprach dann erst weiter. Zum Glück musste man das Essen kaum kauen.

„Im Fränkischen Rundfunk geht es rund. Früher war das ja der reinste Schwarzfunk. Aber die jungen Journalisten von der Journalistenschule sind alle eher grün. Und so autoritär einfach weiter machen, das wollen die modernen Intendanten natürlich auch nicht. Also musste die Frankenstein dran glauben. Und sie ist nicht das einzige Opfer."

„Es gibt noch mehr?"

„Na überlegen Sie mal, was da alles dranhängt. Franziska ist Frau und aus Oberbayern. Der neue, Alexander Barattier, ist Mann und aus Nürnberg. Alte Hugenotten-Familie aus dem Stadtteil Schwabach."

„Also musste jemand anders weichen."

„Richtig, deswegen konnte meine gute Freundin Selima nicht Chefin der Kulturredaktion werden, weil zwar Frau, aber auch aus Nürnberg. Stattdessen wurde eine Frau aus Oberbayern dorthin berufen. Was zur Folge hatte, dass nun eine Migrantin fehlte und Hans Braunmüller, der Chef der Sportredaktion, zwei Jahre vor dem Ruhestand seinen Posten verlor und jetzt Senior Experte beim Intendanten ist, damit jemand mit Migrationshintergrund die Stelle übernehmen kann."

„Es gibt also eine ganze Reihe von Leuten, die sauer auf den Intendanten sind."

„Ich habe Ihnen mal zwei Organigramme mitgebracht. Ein altes und ein neues. Außerdem habe ich Ihnen die Bewerber mit dazu geschrieben, die eigentlich die Posten hätten bekommen sollen, wenn alles beim Alten geblieben wäre. Ich gehe davon aus, dass Sie sich dafür auch uns mal erkenntlich zeigen. Vielleicht ein kleiner Hinweis bei einem spannenden Verbrechen, das reicht schon. Ich gehe jetzt noch mal kurz rauf in meine Wohnung. Wollen Sie mal gucken, ob das was für Sie ist? Ist aber nicht ganz billig. Der Kaufpreis für 1 ½ Zimmer betrug vor einem Jahr 500.000, – Euro. Mittlerweile ist sie bestimmt 600.000, – Euro wert. Monatlich müssen Sie aber noch 1.000, – Euro für Wachdienst, Wäscheservice, Zimmerdienste und sonstige Nebenkosten zahlen."

Tatsächlich wollten Kevin und Lukas noch mit hinauf. Die Wohnung war klein, sie wendete sich vor allem an Menschen, die hier nur unter der Woche waren und meistens in Restaurants oder Kantinen aßen. Die Kochnische war winzig, dafür hing an der Wand ein großer Fernseher und auch mehrere Spielekonsolen standen an der Seite.

„Beim Spielen entspanne ich besonders gut", erklärte Michael.

„Was spielen Sie denn so?"

„Och, kommt drauf an. Mal eine Runde Golf, mal etwas Tennis, auch mal ein Ballerspiel oder ein Adventure."

Vom Fenster aus konnte man einen Blick auf den darunter liegenden Garten werfen. Weil das Haus stufenweise nach oben kleiner wurde, hatten einige Wohnungen richtige Gärten. Was die dann wohl kosteten?

Sie traten aus dem Haus, da hörten sie eine Stimme hinter sich. „Papa?"

Kevin dreht sich um. „Miriam, was machst Du hier?"

„Ich arbeite hier, schon vergessen?"

„Hier, beim Fernsehen?", fragte Lukas.

„Nein, dort vorne, bei der Versicherung."

Schnell waren Lukas und Miriam in eine Unterhaltung vertieft. Das gegenseitige Interesse war nicht zu übersehen.

„Lass lieber die Finger von meiner Tochter, die ist Versicherungsmathematikerin. Mit der hast du keinen Spaß", warf Kevin scherzhaft ein.

„Ist doch interessant", widersprach Lukas, direkt an Miriam gewandt. „Dein Vater und ich haben gerade das Haus hier bewundert."

„Aha, man duzt sich schon", meinte Kevin schnippisch. Doch Miriam ignorierte ihn.

„Bewundert? Mein Vater? Wohl kaum. Er findet es bestimmt ganz schrecklich. So wie alles, was nach 1900 gebaut worden ist."

„Na ja, jetzt übertreibst Du aber. Aber findet Ihr das schön?"

„Ja", antworteten beide, sahen sich an und lachten.

„Mal was anderes als dieser ewige Retro-Mist", antwortete Miriam.

„Genau das habe ich auch gesagt", bestätigte Lukas. Es entspann sich eine längere Diskussion über Architektur und die aktuelle Retro-Welle. Beide waren der Meinung, dass der Trend am Anfang ganz witzig war, jetzt aber langsam auch mal zu Ende sein durfte, bis Kevin mahnte.

„Los, wir müssen zurück zur Arbeit. Genug geflirtet, Ihr beiden. Tauscht Telefonnummern aus und trefft Euch außerhalb der Dienstzeit."

„Oh, haben wir also Deinen Segen?", fragte seine Tochter, so unschuldig wie möglich.

„Du schon, Lukas nicht. Ich muss ihn noch vor Dir warnen, er ist eigentlich viel zu gut für eine so aufmüpfige junge Frau."

Miriam boxte ihn im Spaß auf den Arm. „Hey, das ist frauenfeindlich."

„Also, ich finde ja aufmüpfige Frauen sehr viel interessanter", antwortete Lukas, was ihm gleich peinlich war. Das war nun wirklich eine äußerst unoriginelle Antwort gewesen.

Aber bei Miriam schien er keine Minuspunkte dafür zu bekommen. „Danke", antwortete sie nur und bedachte ihn mit einem warmen Blick.

„Jetzt reicht's mit dem Geturtel", beendete Kevin das Gespräch. „Wir müssen zurück. Haben wir bei unserem Ausflug etwas herausgefunden? Außer, dass mein Kollege offenbar eine Schwäche für meine Tochter hat?"

„Nein, sonst nichts", bestätigte Lukas.

Auch Asena hatte wenig Glück. Kriminaldirektorin Eva Dressel hatte sie zu sich gerufen. Sie war eine der höchsten Beamtinnen im Präsidium.

„Frau Dalokay, gibt es Neuigkeiten über unseren Farbbeutelwerfer?"

„Leider nein, wir ermitteln noch. Aber wir verfolgen einige vielversprechende Spuren. Aktuell ..."

„Ja, ja. Zum Glück habe ich mehr rausgefunden als Sie. Die bayerischen Patrioten in München haben ziemlich unverhohlen ihre Freude über den Anschlag gezeigt. Einige vermuten sogar, dass sie selbst dahinterstecken."

„Das halte ich ehrlich gesagt für unwahrscheinlich. Vielleicht ein übereifriges Mitglied, aber wohl keiner aus dem Vorstand. Und erst recht war das keine offizielle Aktion des Vereins."

„Egal, wir müssen Flagge zeigen. Gleich morgen findet um 9.00 Uhr in München eine Razzia in den Vereinsräumen statt. Ich will, dass Sie und Herr Klösemeier dabei sind und den Kollegen etwas auf die Finger schauen."

„Herr Glosemeyer und ich, natürlich. Aber eine Razzia? Was soll das bringen?"

„Frau Dalokay, wir stehen unter Druck. Die Medien wollen sehen, dass wir alles tun. Die Durchsuchungserlaubnis liegt vor. 9.00 Uhr geht es los. Mit dem Ministerium habe ich bereit gesprochen und dargelegt, wie wichtig dieser Fall für uns ist. Ende der Diskussion."[17]

---

[17] Eine wichtige Regel in Krimis: Hohe Kriminalbeamte tauchen immer plötzlich auf und befehlen unsinnige Aktionen, weil Politik, Industrie oder Medien das wollen oder weil ihr Freund aus dem Yachtclub sich beschwert hat. In Wahrheit sind Kriminaldirektoren gar nicht so wichtig, in der Beamtenhierarchie stehen sie auf einer Stufe (A15) mit Studiendirektoren, also höheren Gymnasiallehrern.

ERMITTLUNGEN IN MÜNCHEN

Der Zug mit den beiden Polizisten fuhr pünktlich um 8.47 Uhr im Pasinger Hauptbahnhof ein. Die bayerischen Patrioten hatten ihr Vereinsgebäude unweit der Stadtgrenze zwischen München und Pasing.[18] Kevin und Asena stiegen in die Straßenbahn in Richtung München um und kurz nach 9.00 Uhr an der Station „Stadtgrenze" wieder aus. Von da waren es nur wenige Meter zum Verwaltungsgebäude. Die beiden Polizisten zeigten ihre Dienstausweise und gingen hinein.

Im Erdgeschoss gab es einen Laden mit allerhand patriotischem Schnickschnack. Tassen mit dem Aufdruck „I mog Bayern" oder „Bayern ist nicht Franken." Oder einen Teller mit dem Spruch „Franken? Nein, wir danken." Außerdem gab es jede Menge weiß-blauer Fahnen, Bayerisch-Deutsche Wörterbücher und Gedichte im bayerischen Dialekt.

Die beiden Polizisten hielten sich hier nicht lange auf, sondern stiegen in den ersten Stock, wo sie vom Vereinspräsidenten bereits erwartet wurden.

„Oh, gleich zwei Kommissare aus unserer geliebten Landeshauptstadt", ätzte der Vorsitzende. „Herzlich willkommen in unserem bescheidenen Städtchen. Wie Sie sehen, haben wir sogar schon Strom und fließend Wasser."

„Ja, ich bin ganz überrascht", konterte Asena. „Ich dachte immer, München wäre nur der Name einer Autobahnausfahrt."

---

[18] Das ist natürlich billig, einfach die Situation von Nürnberg und Fürth umzudrehen und auf München zu übertragen. Während die Fürther Bürger sich einem Beschluss der Stadtrates über den Zusammenschluss mit Nürnberg widersetzten, wurden die Pasinger übrigens gar nicht gefragt. Die Stadt wurde 1938 von den Nazis an München angegliedert, um die „Hauptstadt der Bewegung" zu einer der größten Städte des Reichs zu machen. Da in unserem Fall aber München nur eine Provinzstadt ist, ist die Annahme nicht unrealistisch, dass der Zusammenschluss ausgefallen ist.

„Mehrerer Autobahnausfahrten sogar. Aber wie die meisten Nürnberger kennen Sie unser schönes Städtchen leider nur vom Vorbeifahren, wenn Sie mit dem Auto in die Berge brausen."

„In die Berge brausen", wiederholte Kevin die Worte des Vorsitzenden im Geist. Hier in München war die Zeit wahrlich stehen geblieben, auch sprachlich.

Die Durchsuchung dauerte rund eine Stunde. Glücklicherweise hatten die Patrioten einen Großteil ihrer Verwaltung schon digitalisiert. Die Münchener Kollegen kopierten deshalb die Festplatten der drei Rechner und des Servers um sie dann im Polizeipräsidium auszuwerten. Viel würde dabei nicht herauskommen, war sich Asena sicher. Was erwartete ihre Chefin? Dass es auf den Festplatten konkrete Pläne für eine Verschwörung gab?

Am Nachmittag stand eine kurze Pressekonferenz auf dem Programm. Also beschlossen die beiden, sich etwas in der Stadt umzusehen und ein zweites Frühstück zu sich zu nehmen. Das erste hatte nur aus einem Becher Kaffee und einem Hörnchen im ICE bestanden. Mit der Straßenbahn fuhren sie weiter in Richtung Münchener Hauptbahnhof. Auf dem Weg von Pasing nach München durchfuhr die Trambahn eine Straße mit repräsentativen alten Häusern, die Anfang des 20. Jahrhunderts hier gebaut worden waren.

Obwohl München nicht einmal ein Drittel der Einwohner von Nürnberg beherbergte war der Bahnhof ein imposantes Gebäude. Immerhin endeten hier mehrere Linien und Urlauber stiegen in die Nahverkehrszüge nach Kufstein, Garmisch oder Berchtesgaden um.

An einem kleinen, prunkvollen Nebengebäude war eine Tafel angebracht. Dieser „Königsbahnhof" war gebaut worden, damit der König auf seinen Fahrten in die Berge hier umsteigen oder bequem seine Fahrt unterbrechen und die zweitgrößte Stadt seines Landes besuchen konnte. Beides tat er allerdings fast nie, denn der König stieg nicht um, sondern reiste mit einem eigenen Privatzug. Und aussteigen wollte er in München auch nicht. Nur der Prinz war vom morbiden Charme der ehemaligen Residenzstadt fasziniert und wohnte sogar mehrere Monate im ehemaligen Kurfürsten-Schloss in Nymphenburg. Leider wurde er als Zweitgeborener niemals König.

Die beiden Nürnberger Polizisten schlenderten vom Hauptbahnhof in Richtung Karlsplatz. Man konnte die stets beleidigten und angeblich immer benachteiligten Münchener belächeln, aber ihre Stadt hatte ein gewisses Flair. Sie war nach der Eingliederung ins Königreich Franken in einen Dornröschenschlaf gefallen, den erst die Bomben des Zweiten Weltkriegs unterbrochen hatten. Wobei die alliierten Flieger wegen der fehlenden Industrie und der geringen Bedeutung die Stadt nicht besonders stark verwüstet hatten.[19]

Man merkte der Stadt ihre starke Ausrichtung auf den Tourismus an. Die Vorliebe des Prinzen für München hatte dazu geführt, dass viele Reisende auf dem Weg in die Berge eine Nacht hier Station machten. Im Süden, nahe dem kleinen Dorf Perlach, ließ er außerdem den Prinzenpark errichten.[20] Dort huldigte er seiner Leidenschaft für alte Städte und ließ eine künstliche Ruine bauen, die zum Teil sogar bewohnt werden konnte. Der Prinz

---

[19] So hätte es kommen können – oder auch nicht. Würzburg war wegen seiner geringen Bedeutung bis 1945 ebenfalls kaum bombardiert worden. Als das den Planern des britischen Bombenkriegs auffiel, wurde die Stadt 1945 fast vollständig zerstört, obwohl es dafür keinerlei militärische Notwendigkeit mehr gab. Aber mir gefällt die Annahme vom weitgehend unzerstörten München besser.

[20] Hier ist in der Realität die Trabantenstadt Neuperlach.

wohnte dort öfter und gab vor, der letzte bayerische Kurfürst zu sein. Er ließ die Münchener sogar einen Aufstand gegen die fränkische Obrigkeit spielen, den er als vermeintlicher Kurfürst anführte. Dann allerdings reichte es seinem Vater und der Prinz musste umgehend nach Nürnberg zurückkehren.

Nach dem Ende der Monarchie siedelte sich sogar etwas Industrie in München an. Außerdem profitierte die Stadt vom zunehmenden Flugverkehr. Schon in den 1930er-Jahren hatte man im Süden einen Flughafen gebaut, wo wohlhabende Reisende landen und direkt in die Züge in die Berge umsteigen konnten.[21]

Viele verbrachten trotzdem ein oder zwei Tage in der Stadt, sodass die Gegend um den Karlsplatz von Souvenirläden und Touristenkneipen nur so wimmelte. Schön konnte man die meisten davon nicht nennen, eher kitschig. Nichts verglichen mit den großen Alleen, den prächtigen alten Ministerien und der großen Residenz in Nürnbergs Süden, wo Asena und Kevin arbeiteten.

Asena wollte sich noch am Bahnhof mit einer ehemaligen Freundin aus Münchener Tagen treffen, deshalb beendeten die beiden ihren Ausflug und kehrten zum Bahnhof zurück. Während Asena sich in einem Café mit ihrer Freundin traf, setzte

---

[21]Von einer derart guten Eisenbahnanbindung des Flughafens träumen die Münchener bis heute, im Gegensatz zu Frankfurt oder Düsseldorf ist der Großflughafen miserabel ans Schienennetz angebunden. Natürlich ist der Flughafen in der Realität im Norden. Der alte war in Riem und damit im Osten. Im Süden gab es meines Wissens nie einen größeren Flughafen.

sich Kevin in einen Biergarten[22] in der Nähe des Bahnhofs. Kurz überlegte er, sich ein Glas Bier zu kaufen, obwohl es erst Mittag und er im Dienst war.

Aber wie fast immer (außer freitags) siegte seine Disziplin und er nahm mit einem großen Glas Wasser, einer Butterbrezel, einem Haferl Kaffee und dem Münchener Tagblatt unter einem großen Baum Platz. Er überflog kurz die Börsenkurse im Wirtschaftsteil, denn einen kleinen Teil seines Ersparten hatte er am Aktienmarkt investiert. Grob geschätzt war er gestern um 12,- Euro reicher geworden, das reichte immerhin für das Wasser, den Kaffee, die Brezel und die Tageszeitung. Zum Glück war München nicht annähernd so teuer wie Nürnberg. Dann studierte er den Sportteil ausführlich, als er merkt, dass ein Mann vor seinem Tisch stand und zu ihm herabblickte.

„Mahlzeit, Herr Glosemeyer. Darf ich mich setzen?"

Kevin kannte den Mann vom Sehen und wusste, dass er im Innenministerium arbeitete. Genau, er war Pressesprecher. Sein Name wollte ihm nicht einfallen, deshalb sagte er nur:

„Setzen Sie sich. Was führt Sie nach München?"

„Das gleiche wie Sie. Diese ekelhafte Sache mit dem Farbbeutel. Ich sehe, Sie bleiben auch beim Wasser." Er deutete auf das große Glas vor Kevin und fuhr, ohne eine Antwort abzuwarten, fort:

„Ich musste heute Morgen beim Weißwurstfrühstück mit dem Chefredakteur der Münchener Neueste Nachrichten schon zwei Weißbiere trinken. Anders bekommt man das Zeug ja nicht runter."

„Ist die Meute in Kampfstimmung?", fragte Kevin vorsichtig.

---

[22]Die Biergartenkultur in München ist tatsächlich einer der wenigen Punkte, die im realen München besser sind als im realen Nürnberg.

„Und wie. Die Münchener sind natürlich nicht begeistert über Ihren Besuch bei den Patrioten. Zumal sie denken, dass wir da ohnehin nichts finden. Vermutlich haben sie recht. Aber keine Angst. Vor der Presse habe ich Sie natürlich in Schutz genommen. ,Routinemaßnahme'. Ohnehin zählt die Meinung der Münchener Provinzpresse nicht viel. Wir müssen die großen Nürnberger Blätter auf unsere Seite ziehen – und natürlich das Fernsehen."

Den Nachmittag verbrachten Asena und Kevin im Polizeipräsidium und unterstützten die Kollegen bei der Auswertung der beschlagnahmten Unterlagen. Erwartungsgemäß brachte die Untersuchung keine brauchbaren Ergebnisse, sodass sie am späten Nachmittag ohne echte Fortschritte vor eine wütende Münchener Presse treten mussten.

Asena saß mit dem Pressesprecher des Innenministeriums zusammen an einem kleinen Tisch im Sitzungssaal des Münchener Polizeipräsidiums. Ihr gegenüber saßen die Journalisten. Glücklicherweise war die Münchener Presselandschaft überschaubar. Neben zwei Journalistinnen der beiden Münchener Lokalzeitung waren noch ein Reporter des lokalen Radiosenders und ein Fernsehteam da. Offenbar handelte es sich um einen lokalen Fernsehsender, der Fränkische Rundfunk war nicht vertreten. Als die Veranstaltung schon begonnen hatte, kam noch eine Journalistin aus der Münchener Lokalredaktion einer bundesweit erscheinenden Boulevardzeitung hinzu.

Asena stellte kurz die Ergebnisse ihrer Ermittlungen vor. Genauer gesagt, sie erklärte den Anwesenden, dass sie nichts herausgefunden hätten.

Der Vertreter des Innenministeriums gab noch eine Erklärung darüber ab, dass solche Untersuchungen zur Routine bei der

Polizeiarbeit gehörten. Erstaunlicherweise sagte er mit vielen Worten zwar wenig, wirkte aber trotzdem überzeugend. Kurz regte sich Hoffnung in Asena, dass auch die Journalisten überzeugt wären.

Dann kam der Fragenteil. Als Erste meldete sich die Mitarbeiterin der Boulevardzeitung.

„Habe ich Sie richtig verstanden, dass Sie zugeben, dass Ihre Ermittlungen ein totaler Schlag ins Wasser waren? Eine Verschwendung von Steuermitteln und Zeit, eine Beleidigung der Altbayern und kein Ergebnis?"

Das stimmte irgendwie, aber so wollte Asena das nicht stehen lassen. Glücklicherweise antwortete der Pressesprecher des Ministeriums.

„Wenn Sie so argumentieren, Frau Zenker-Zitzelsberger, dann sind 95 Prozent der Polizeiarbeit Zeit- und Geldverschwendung. Wir gehen vielen Spuren nach und die meisten führen zu nichts. Leider haben wir keine Glaskugel, um nur die Spuren zu verfolgen, die am Ende auch ein Ergebnis bringen."

Eine sehr gute Antwort, fand Asena. Er hatte weder direkt widersprochen noch der Journalistin recht gegeben und eine unzweifelhafte Wahrheit ausgesprochen: dass Misserfolge eben zur Polizeiarbeit gehören.

Leider war die Presse weniger überzeugt. Nun meldete sich die Mitarbeiterin des Lokalfernsehens.

„Schön, dass Sie Ihr Scheitern zugeben. Stimmt es, dass man mit der Razzia nur den Bayerischen Patrioten zeigen wollte, wer im Freistaat Franken das Sagen hat?"

„Das stimmt nicht", antwortete der Pressesprecher knapp. Doch schon rief eine weitere Journalistin dazwischen.

„Das glauben Sie doch selbst nicht."

Und in Kürze gab es den schönsten Tumult. Die Fragen wurden immer aggressiver.

„Meine Damen!", rief der Pressesprecher. „Und natürlich Herr Brenner", wandte er sich an den Mitarbeiter des Lokalradios. „Bleiben wir doch sachlich."

Aber das konnte nicht darüber hinwegtäuschen, dass die Pressekonferenz ein Desaster war. Mal sehen, was die Kriminaldirektorin am nächsten Tag dazu sagen würde.

„Es ist doch super gelaufen!" Kriminaldirektorin Eva Dressel wirkte zufrieden, als sie Asena Dalokay vor einem riesigen Stapel Zeitungen empfing. „Haben Sie gestern die *Rundschau* im Fränkischen Rundfunk gesehen?"

Asena verneinte.

„Hätten Sie aber besser. Ich hatte gestern noch ein Gespräch mit dem verantwortlichen Redakteur. Er hat unsere Arbeit in die Sendung mit aufgenommen. Möchte sagen, die Berichterstattung war durchaus wohlwollend. Und die meisten anderen Zeitungen und die privaten Fernsehsender haben ihre Informationen einfach vom FR übernommen. Nur die Münchener Zeitungen sind etwas ungehalten. Aber wen interessieren schon ein paar Provinzblätter?"

„Das freut mich, dass wenigstens die Presse glaubt, wir machen Fortschritte", antwortete Asena leicht sarkastisch.

„Mich auch. Ich habe mir deshalb erlaubt gleich einen Schritt weiterzugehen und eine Beschlagnahmung des Computers dieses Fotografen in Auftrag gegeben."

„Und das wurde genehmigt?"

„Natürlich, Sie müssen nur die richtigen Leute kennen. Aber keine Sorge, ich habe der Presse gegenüber immer wieder betont, dass Sie die Ermittlungen leiten."

„Na super", dachte Asena. Wenn Giesing jetzt Krawall machen würde, würde der Ärger auf sie zurückfallen. Und das würde er. Er hatte ihr ja recht offen gedroht.

„Ist die Beschlagnahmung schon gelaufen?", fragte Asena.

„Ja, gestern Abend. Die Zeitungen haben aber noch nicht darüber berichtet, auch der Fränkische Rundfunk nicht. Ins Internet habe ich noch nicht geschaut. Nur die Nürnberger

Woche hat einen kleinen Artikel gebracht, leider nicht freundlich."

Tatsächlich war die Nürnberger Woche kein sehr bedeutendes Blatt. Das Nürnberger Tagblatt war früher der konservative Gegenspieler zur linken Nürnberger Verlagsgruppe gewesen, die neben zahlreichen Lokalzeitungen eine regionale Boulevardzeitung sowie die überregionalen Süddeutschen Nachrichten herausgab und an mehreren Radio- und Fernsehsendern beteiligt war. Doch seitdem das Blatt in Folge der Zeitungskrise immer mehr Leser und Anzeigenkunden verloren hatte, erschien es nur noch zweimal in der Woche als Nürnberger Woche und Nürnberger Sonntag.

Trotzdem hatte es immer noch mehrere zehntausend Leser, darunter viele ihrer Vorgesetzten bei der Polizei. Sie nahm sich deshalb die Zeitung und blätterte sie durch. Den Artikel als „nicht freundlich" zu bezeichnen, war verharmlosend, er war vernichtend. Und sie, Asena Dalokay, wurde als Hauptverantwortliche genannt.

Wütend zog sich die Kriminalrätin auf ihr Zimmer zurück. In ihrem E-Mail-Postfach war bereits eine Anfrage der Pressestelle eingegangen, die um eine Stellungnahme bat und auf die vielen Presseanfragen in der Sache Moritz Riem verwiesen. Asena leitete die Anfrage weiter an ihre Chefin Eva Dressel und machte sich auf den Weg zur Morgenbesprechung.

Viel hatten die Kollegen während ihrer und Kevins Abwesenheit nicht herausgefunden. Sie hatten eine ganze Reihe von Hinweisen verfolgt, allerdings hatte kein einziger sie wirklich weitergebracht. Zum Glück konnte Lukas ihr Hoffnung machen.

„In Internet wirbt ein gewisser Don von der Donau damit, dass er der Täter sei. Ich lese mal vor:

‚Sie verhöhnen uns!

Sie verspotten uns!

Sie ignorieren uns!

Wir wehren uns!

Ich habe den Farbbeutel auf den Chef des Fränkischen Rundfunks geworfen. Es muss mal Schluss sein mit der Unterdrückung von uns Bayern! Dass sich der Fränkische Rundfunk aus der Übertragung von unserem Lieblingsverein ausgeblendet hat, ist nur das i-Tüpfelchen auf einer langen Liste von Demütigungen.'“

„Geht er genauer darauf ein, was mit den Demütigungen gemeint ist?“

„Nein, aber den anderen Schreibern in dem Forum scheint viel dazu einzufallen. Da wird beispielsweise kritisiert, dass die Serie ‚Das Berghotel' in Südtirol und nicht in Bayern gedreht wurde. Oder, dass bayerisch sprechende Menschen in vielen Serien immer nur die Deppen spielen dürfen. Dass es bisher noch keinen Tatort in Bayern[23] gibt, scheint ebenfalls ein großes Thema zu sein.“

„Können wir irgendwie rausfinden, wer der Schreiber ist?“

„Leider nein. Die Adresse führt uns zu einem Internetcafé im Nürnberger Hauptbahnhof. Und der Besitzer hat keine Ahnung, wer von seinen vielen Kunden das gewesen sein soll.“

„Internetcafé, gibt's das noch?“

---

[23] Tatsächlich gibt es seit wenigen Jahren einen Franken-Tatort im Bayerischen Rundfunk. Offenbar ist der Fränkische Rundfunk gegenüber seinem real existierenden Vorbild etwas hinten dran.

„Sieht so aus. Vielleicht genau für solche Fälle. Das Forum ist eigentlich ein Treffpunkt für Fans eines Computerspiels. Allerdings gibt es das Unterforum ‚Bayernkrieger'."

„Hört sich martialisch an."

„Weniger. Es geht im Forum um ein Fantasy-Spiel, man muss als Krieger mehrere Aufgaben lösen. ‚Bayernkrieger' sind einfach Spieler aus Bayern. In den meisten Chats geht es nur um Fragen zu irgendwelchen Spielen oder darum, ob man sich zu einem gemeinsamen Spiele-Event treffen will. Foren zu sonstigen Themen wie dem Farbbeutelanschlag sind die Ausnahme."

„Hier kommen wir also auch nicht weiter", fasste Asena zusammen. „Ich habe aber eine andere Idee. Ich gebe mich als Journalistin aus und spreche mal mit ihm."

„Wollen Sie das wirklich tun?", fragte Kevin. „Nach all dem Ärger, den wir gerade eh schon mit der Presse haben?"

„Niemand muss herausbekommen, dass ich Polizistin bin. Wenn sich die Hinweise verdichten, dass er wirklich der Farbbeutelwerfer ist, werde ich ein Phantombild erstellen und wir lassen ihn suchen."

„Lassen Sie mich das machen", wand Lukas ein. „Mein Gesicht ist weniger bekannt."

„Nein Lukas, ich möchte keine Kollegen in Schwierigkeiten bringen. Wie Sie selbst sagen: Wenn die Presse das rauskriegt bekommen wir richtig Ärger. Aber seien Sie unbesorgt, niemand kennt mein Gesicht. Ich habe es bisher immer geschafft, nicht in die Nachrichten zu kommen."

„Oder nur namentlich", korrigierte Lukas.

„Oder zumindest nur namentlich", bestätigte Asena. „Also werde ich den Herren mal anschreiben, am besten ebenfalls von einem Internetcafé aus. Nur um sicherzugehen."

Die Kontaktaufnahme war erstaunlich einfach. Sie meldete sich im Forum unter Magdalena Zitzelsberger an, weil sie das für einen besonders bayerischen Namen hielt. Sie schimpfte zunächst etwas auf den Fränkischen Rundfunk und merkte dann an, dass sie eine befreundete Journalistin kenne, die sich gerne mit dem Don von der Donau treffen würde. Und ehe sie sich versah, hatte sie ein Gespräch mit dem Mann für den gleichen Abend.

Zumindest erwartete sie einen Mann, als sie am Abend in einer beliebten Bierkneipe saß, in der sie sich mit dem Don von der Donau treffen wollte. Wie vereinbart hatte sie das Buch „Frei von Franken" vor sich offen hingelegt. Außerdem hatte sie dem Don mitgeteilt, dass er eine schwarzhaarige, südländisch aussehende Frau suchen solle.

Zu ihrem Erstaunen war der Don aber eine Donna. Sie hatte kurz geschnittene Haare und war maskulin gekleidet, aber eine Frau.

Zunächst glaubte sie an eine Verwechslung und sprach: „Entschuldigung, ich warte hier auf jemanden."

„Heißt dieser Jemand zufällig ‚Don von der Donau'?"

„Ja, stimmt."

„Das bin ich. Ich spiele in Computerspielen grundsätzlich immer Männer. Frau bin ich schon in der echten Welt."

„Und deshalb geben Sie sich auch im Forum als Mann aus?"

„Klar, wenn schon, denn schon. Dass Menschen in Games ein anderes Geschlecht haben als in der Realität kommt häufig vor."

Zunächst beklagte sich die „Donna von der Donau" über die Altfranken im Allgemeinen und die Nürnberger im Besonderen. Sie kam offenbar aus der Nähe von Miesbach im Süden des Freistaates Franken und war nach dem Studium in München aus beruflichen Gründen nach Nürnberg gekommen. Da Asena lange in München gelebt hatte, entstand ein langes Gespräch über die ehemalige Residenzstadt, bis das Thema endlich auf den Farbbeutelanschlag kam.

„Wie war das damals, als Du den Intendanten beworfen hast?", fragte Asena, die sich mittlerweile mit der jungen Frau duzte, ohne ihren wirklichen Namen zu kennen.

„Ich habe ihm aufgelauert, damals vor der Würz-Burg. Ich habe rechts in einem Hauseingang gelauert, geworfen und getroffen. Veni, vice und habe getroffen, sozusagen."

Asena dachte kurz nach. Die Beschreibung des Tathergangs passte nicht zu den Zeugenaussagen, nach denen der Täter – oder die Täterin – von links gekommen war. Immerhin hätte man die Donna, wie Asena die Frau in Gedanken nannte, tatsächlich für einen Mann halten können.

„Wo hatten Sie die Farbe her?"

Die Donna stockte etwas. Vermutlich erkannte sie, dass ihre Antwort leicht nachprüfbar wäre und sie verraten könnte, falls sie die Unwahrheit sagt. Dann antwortete sie aber mit sicherer Stimme.

„Das war eine ganz normale Acryl-Farbe wie man sie in jedem Bastelgeschäft kaufen kann."

Das stimmte tatsächlich.

Dann aber beschrieb die Donna ihre Flucht. Angeblich sei sie direkt zur U-Bahn gerannt und erst in Nürnberg-Tennenlohe wieder ausgestiegen, einem in den 1960er-Jahren angelegten Wohnviertel in der Nähe der ehemaligen Stadtgrenze von Nürnberg und Erlangen. Asena und ihre Kollegen hatten sich aber die Überwachungsvideos der U-Bahn angesehen und keine Person mit Bayern-Trikot entdeckt. Die Maske wollte die junge Frau in einen Papierkorb am Eingang der U-Bahn geworfen haben, doch diese Möglichkeit hatte auch die Polizei in Erwägung gezogen und die Abfallkörbe durchsucht.

Wer auch immer diese sonderbare und widersprüchliche Frau war, sie war vermutlich nicht die Täterin. Wie sie dazu kam sich als Farbbeutelwerferin zu inszenieren wusste auch Asena nicht. Vielleicht war sie psychisch krank. So oder so, die Befragung war ein weiterer Misserfolg.

ES GIBT ÄRGER

Als Asena am nächsten Morgen das Polizeirevier betrat, wartete bereits ein Kamerateam auf sie. Der Pressesprecher nahm sie zur Seite und erklärte ihr:

„Die Journalisten wollten mit der Leiterin der Ermittlungen persönlich sprechen. Ich dachte, das könnte eine gute Gelegenheit sein, ein bisschen für uns zu werben. Ich erkläre Ihnen schnell, was Sie sagen sollen."

„Gehört dazu auch, dass Frau Dressel die Idee hatte die Festplatte des Fotografen beschlagnahmen zu lassen?"

„Niemand will interne Kompetenzstreitigkeiten hören. Wir ziehen alle an einem Strang."

„Ja", dachte Asena, „aber ich bin am Ende die, deren Karriere ruiniert ist und deren Kinder auf dem Pausenhof auf die Skandale ihrer Mutter angesprochen werden." Von Okatans Klassenlehrerin wusste sie, dass die Dame politisch sehr weit links stand und kein sehr gutes Bild von der Polizei hatte. Schon in der ersten Schulwoche hatte sie ihren Sohn mit den Worten gemaßregelt: „Nur weil deine Mama Polizistin ist, musst du nicht meinen, du kannst dir alles herausnehmen."

Trotzdem gab Asena ihr Bestes. Das Fernsehteam wollte über den laufenden Stand der Ermittlungen informiert werden und nahm sie wegen der Beschlagnahmung von Moritz Riems Festplatte arg in die Mangel. Vom Pressesprecher hatte Asena dazu die Anweisung bekommen, sich im Namen der Polizei für diesen Fehler zu entschuldigen. Man sei übereifrig gewesen, da man unter großem Druck stehe die Sache aufzuklären.

Asena war froh, als die Journalisten das Haus verließen und sie sich wieder der Polizeiarbeit widmen konnte. Erneut sah sie sich die Aufnahmen an, die der Fotograf Moritz Riem ihr gegeben hatte. Nein, die Person dort war auf keinen Fall Frau Krepold. Die Donna dagegen kam infrage. Die Statur der beiden war gleich, auch der Haarschnitt, soweit man das erkennen konnte.

Aber das änderte nichts daran, dass die Angaben der Donna zum Ablauf des Attentats nicht stimmten. Hatte sie vielleicht gelogen, weil sie Verdacht geschöpft hatte? Nein, warum sollte sie? Außerdem hätte sie sich dann ja einfach umdrehen und wieder gehen können. Allerdings hätte das Asena erst recht neugierig gemacht. Hatte die Donna das geahnt? Oder redete sich Asena hier nur etwas ein um nicht zuzugeben, dass die neue Spur alles andere als vielversprechend war?

Sie schrieb einen Bericht über ihr gestriges Treffen mit der Donna, verschwieg aber, dass sie sich dabei als Journalistin ausgegeben hatte. Vielmehr berichtete sie nur von einer anonymen Zeugin, die die Tat auf sich genommen habe, aber nicht glaubwürdig sei.

Als Lukas das Polizeipräsidium verließ, nieselte es leicht. Er ging zu Fuß bis in die Bürostadt West. Der Anblick der Bürogebäude ließ Erinnerungen in ihm aufsteigen. Als Jugendlicher hatte er sich hier oft mit Freunden getroffen, denn die Bürostadt West war abends verlassen und es gab viel Platz, um Musik zu hören und Bier zu trinken.

Vor einem 20-stöckigen Bürogebäude aus grauem Sichtbeton blieb er stehen. Hier war die Versicherung untergebracht, bei der Miriam arbeitete. Ja, er war wegen Miriam hergekommen. Er hatte gehofft ihr vielleicht über den Weg zu laufen. Aber was sollte er dann sagen? Wie sollte er erklären, was er hier machte? Nein, das war eine dumme Idee. Er ging zur nächsten U-Bahn und war froh, als er einstieg ohne Miriam getroffen zu haben.

Ohne Umsteigen fuhr er bis zur Endhaltestelle in Nürnberg-Altdorf. Der Stadtteil war seit Jahrhunderten vor allem für seine Universität bekannt und bis zur Eingemeindung im Rahmen des „Gesetzes zur Konsolidierung der Stadt der Reichsparteitage" im

Jahr 1937 ein eigenständiger Ort gewesen. Die Lage am Rand hatte sich als Glücksfall erwiesen, denn während andere Universitäten ihre alten Innenstadtquartiere aufgeben mussten, weil sie dort nicht mehr wachsen konnten, hatte die Hochschule viel Platz in der Nähe gefunden, sodass es von den alten Gebäuden bis zu den neuen Hörsälen und Forschungslabors nur ein kurzer Weg war. Seit die Technische Universität auf dem Gelände des ehemaligen Flughafens im Norden einen neuen Campus gebaut hatte, waren beide Nürnberger Universitäten auf jeweils einen Standort konzentriert.

Lukas lebte in einer Ein-Zimmer-Wohnung, die sein Vater gekauft hatte, weil er sich für seinen Sohn eine Karriere als Jurist oder Mediziner erträumt hatte. War er enttäuscht, dass Lukas stattdessen Polizist geworden war? Keine Ahnung, wenn ließ er es sich nicht anmerken.

Von seinem Fenster aus blickte Lukas auf das Atomei, einen Forschungsreaktor der Universität, der in den 1950er-Jahren gebaut worden war. Die Wohnung war eigentlich viel zu klein und der Lärmpegel war hoch. Aber deswegen auszuziehen, wäre für Lukas einem Eingeständnis gleich gekommen, dass er alt wurde.

Lukas hatte sich gerade einen schwarzen Tee gemacht, als das Telefon klingelte. Die Nummer kannte er nicht. Er hob ab und meldete sich, es war Miriam.

„Guten Abend. Ich hoffe, ich störe nicht."

„Nein."

Es folgte ein kurzes Schweigen.

„Schalte doch mal das Fernsehen ein. Fränkischer Rundfunk. Eure Chefin ist im Fernsehen."

„Warum rufst Du deswegen mich an?"

Wieder kurzes Schweigen, dann antwortete Miriam: „Ich dachte, es interessiert Dich."

„Ja, natürlich. Das stimmt auch."

Nach einer kurzen Stille fragte Miriam: „Willst Du nicht einschalten?"

„Natürlich."

Lukas legt auf. Er hätte sich verabschieden sollen, fiel ihm ein. Oder vielleicht mit ihr über die Sendung sprechen. Aber erst einmal musste er sehen, um was es ging. Dann konnte er zurückrufen und sich bedanken.

Es war ein langer Beitrag in einem Politik-Magazin. Und es war ein Ohrfeige für Asena. Die Aktion in München, die vom Fränkischen Rundfunk zunächst noch begrüßt worden war, wurde als totaler Fehlschlag an der Grenze zum Rechtsbruch dargestellt. Die Beschlagnahmung der Festplatte bei Moritz Riem wurde erwartungsgemäß ebenfalls sehr kritisch bewertet. Geradezu skandalös war nach Meinung der Kommentatoren aber die Tatsache, dass Asena sich der Donna gegenüber als Journalistin ausgegeben hatte. Ein Vertreter der Opposition kam zu dem Schluss, dass die verantwortliche Polizistin den Fall sofort abgeben müsse und es auch bei der Polizei kein Tabu sein dürfe, einzelne Beamte bei erwiesener Unfähigkeit aus dem Dienst zu entfernen. Offenbar hatte die „Donna von der Donau" Asena doch erkannt.

So bitter das auch für Asena sein mochte, für Lukas bot der Beitrag den Vorteil, dass er sofort Miriam anrufen konnte. Sie ging auch gleich ans Telefon.

„Hallo Miriam, danke für den Hinweis. Das ist ja schrecklich."

„Ja, gell? Und auch so ungerecht. Papi hat mir gesagt, dass das mit der Beschlagnahmung die Idee von Asenas Chefin war."

Sie nannte Kevin tatsächlich Papi. Es entstand ein langes Gespräch. Am Ende einigten sie sich, dass es das Beste sei Asena gleich zu informieren. Auch wenn man ihr damit den Abend versauen würde, so könnte sie sich zumindest auf den nächsten Tag vorbereiten.

„Vielleicht können wir morgen Abend ja mal was essen gehen", schloss Miriam das Gespräch ab.

„Nein, danke. Abends esse ich nicht gerne so viel. Das macht dick." Dann besann sich Lukas und fügte sofort hinzu: „Aber vielleicht können wir was trinken. Du darfst natürlich auch gerne was essen. Ach was, ein bisschen was esse ich auch." Und so verabredeten beide sich für den nächsten Tag zum Abendessen.

Asena war länger im Büro geblieben und kam gerade nach Hause, als das Telefon klingelte. Ihre Tochter Yasemin bestürmte sie sofort und rief: „Mama, ich muss Dir was Megawichtiges erzählen."

„Jetzt nicht, ich muss ans Telefon."

In der Zwischenzeit hatte ihr Mann das Gespräch bereits angenommen und brachte ihr das Telefon. Asena wurde bleich, als Lukas ihr die ganze Geschichte erzählte. Als er aufgelegt hatte, ging sie wortlos zu einem kleinen Schrank im Wohnzimmer, nahm ein Glas und eine Flasche Raki heraus und goss sich großzügig ein.

„Mama, es ist megawichtig. Gigawichtig!"

Da platzte Asena der Kragen. Sie schrie ihre Tochter an: „Merkst Du nicht, dass es jetzt nicht geht?! Muss sich immer alles nur um Dich drehen."

Und weil sie so schön in Fahrt war, fuhr sie auch gleich ihren Sohn und ihren Mann an. Sie warf den dreien alles vor, was sie ihrer Meinung nach in den letzten Jahren falsch gemacht hatten. Dann schnappte sie sich die Flasche mit dem Raki und knallte die Tür zum Schlafzimmer zu.

Ihr Mann wusste, dass er jetzt nichts tun konnte. Er brachte die Kinder ins Bett und erst als beide schliefen, klopfte er vorsichtig an die Schlafzimmertür. Asena war hart im Nehmen, aber das war zu viel gewesen.

ES GEHT NICHT VORAN

Der große Sitzungssaal im Polizeipräsidium war bis auf den letzten Platz besetzt. Aus der ganzen Bundesrepublik waren Journalisten anwesend. Sogar ein ausländischer Sender war gekommen. Asena hatte Kopfschmerzen. Dafür waren vermutlich die Anspannung und der Raki gemeinsam verantwortlich. Asena trank nur selten Alkohol, sie war also völlig ungeübt.

Immerhin war ihre Chefin auf sie zugekommen und hatte ihr versichert, dass sie weder entlassen noch von dem Fall abgezogen werde. Tatsächlich ging sie sogar so weit, vor der Presse einzuräumen, dass die Durchsuchung des Büros der Bayerischen Patrioten und die Beschlagnahmung des Computers von Moritz Riem nicht von Asena beschlossen worden waren, sondern von „ihr vorgesetzten Beamten", ohne dabei ihren eigenen Namen zu nennen.

Asena las eine von der Pressestelle vorbereitete Rede vor, in der sie sich entschuldigte und gleichzeitig ankündigte, dass innerhalb einer Woche der Täter gefasst sei. Sie stockte etwas bei diesem Satz, denn bisher gab es nicht die kleinste Spur.

Aber der Pressesprecher hatte ihr versichert, dass das Versprechen in einer Woche ohnehin weitgehend vergessen sei und bestenfalls noch eine Randnotiz würde.

Als sie in ihrem Büro Platz genommen hatte, kamen wenig später Lukas und Kevin vorbei. Das, was Asena sich erhofft hatte, konnten aber beide ihr nicht liefern: eine neue Spur. Wäre das Opfer nicht der Intendant des Fränkischen Rundfunks gewesen, wäre der Fall schon längst als ungelöst zu den Akten gelegt worden. Immerhin ging es nur um eine Farbbeutelattacke ohne ernsthaft Verletzte.

So aber wurde weiter ermittelt, vor allem Kevin war unermüdlich im Einsatz. Er telefonierte alle seine Kontakte ab, die er als langjähriger Kommunalpolitiker sowie als Blasmusiker hatte. Besonders aussichtsreiche Kandidaten hatte er persönlich besucht, vor allem wenn sie erst überredet werden mussten auszusagen. Denn viele seiner Gesprächspartner sahen die Aktion mit unverhohlener Schadenfreude.

„Heute werde ich einen alten Musikerkameraden besuchen", berichtete Kevin Asena. „Er ist seit Langem bei den Bayerischen Patrioten und im FC Bayern Fanklub aktiv und gut vernetzt. Wenn er nichts weiß, dann sehe ich kaum noch eine Chance für uns."

„Warum besuchen Sie ihn erst jetzt, wenn er so eine gute Spur ist?", fragte Asena und es klang etwas unfreundlicher, als es gemeint war.

„Franz war im Urlaub und ist erst gestern wieder angekommen. Schneller ging es wirklich nicht. Ich brauche aber einen DKW, denn er wohnt mitten im Moor."

DKW war die interne Abkürzung für Dienstkraftwagen. Asena unterschrieb die Genehmigung und hoffte, dass diese letzte Spur etwas bringen möge.

Dann machte sie sich gemeinsam mit Lukas auf den Weg zum Fränkischen Rundfunk. Ziel ihres Besuches war nicht nur die Suche nach neuen Spuren, sie wollten auch guten Willen zeigen. „Seht her, wir bemühen uns."

Die Portiersloge am Eingang sah noch aus wie in den 1970er-Jahren. Der Portier telefonierte kurz mit dem Intendanten und wenige Minuten später saßen sie in seinem Büro.

„Sie meinen also, es könnte auch jemand vom FR gewesen sein?", fragte der Intendant.

Asena war vorsichtig. Journalisten hatten meistens ein sehr großes Standesbewusstsein. Kritik an ihrem Berufsstand mochten sie nicht. Deshalb versuchte sie, den von Michael Obermeier geäußerten Verdacht möglichst wenig anklagend zu formulieren.

„Nun, sehen Sie, Herr Erler, wir gehen einfach alle Möglichkeiten durch."

„Ja, ich weiß, ich schaue auch Krimis. Nicht unsere, wenn ich ehrlich sein soll. Das ist alles großer Blödsinn. Wissen Sie, wie schwer es ist, einen öffentlich-rechtlichen Sender zu leiten? Wie viele Menschen bei jeder Entscheidung mitreden wollen."

„Und sich vielleicht rächen, wenn sie sich übergangen fühlen?", warf Lukas ein.

Der Intendant sah Lukas an, als wollte er ihn gleich zurechtrechtstutzen. Doch er sagte nichts. Dann antwortete er: „Kommen Sie!"

Sie gingen ein Stockwerk tiefer zu einer Tür, auf der „Hörerredaktion" stand.

„Das", verkündete Erler bedeutungsschwer, „ist unsere Strafkolonie. Die einfachen Mitarbeiter haben sich meist selbst beworben, aber wer hier als Journalist landet, hat fast immer was ausgefressen."

Damit betraten sie den Raum. Erler steuerte direkt auf einen Schreibtisch zu, an dem ein Mann gerade etwas in seine Tastatur hackte. Dabei grummelte er ohne Unterlass vor sich hin.

„Guten Morgen, Karl-Heinz."

„Mgn, Hrr Indendand", presste der Angesprochene zwischen den Zähnen hervor, ohne seinen Vorgesetzten anzusehen.

„Diese Herren sind von der Polizei", fuhr Erler fort.

„Hallo", grüßte Asena, worauf hin sich Erler korrigierte: „Diese Dame und der junge Mann sind von der Polizei."

Der als Karl-Heinz Angesprochene sah immer noch nicht auf. Erst als er seinen Satz zu Ende getippt hatte, lehnte er sich im Stuhl zurück und drehte sich zu dem Trio hin. Dann sagte er noch einmal „Mgn", was wohl so viel wie „Morgen" bedeutete. Der Mann musste kurz vor der Rente stehen und wäre für sein Alter erstaunlich attraktiv gewesen, wenn er nicht gar so unfreundlich geschaut hätte. Statt auf eine Frage seines Chefs zu warten, richtete er eine an Asena:

„Arbeitet Herr Glosemeyer noch bei Ihnen? Ist ein alter Bekannter von mir aus der Partei."

„Herr Glosemeyer ist einer meiner Mitarbeiter", antwortete Asena. „Einer meiner besten."

Der Intendant sah wohl die Gefahr, dass hier eine längere Diskussion über einen gemeinsamen Bekannten entstehen könnte und fragte schnell nach.

„Karl-Heinz, die Herren, also die Dame und der Herr – ich sehe zu viel alte Krimis, die aus den 1970ern mag ich besonders. Das war noch handwerklich gute Arbeit."

„Sie wollten was fragen", mischte sich Karl-Heinz ein, der den Intendanten beharrlich siezte, obwohl der ihn mit Du ansprach.

„Nur keine Ungeduld, Karl-Heinz. Also, die beiden Herrschaften, also die Polizei will wissen, ob der Fränkische Rundfunk Feinde hat."

„Wir haben keine Feinde, Herr Intendant, nur kritische Hörerinnen und Hörer, Zuschauerinnen und Zuschauer." Beim Wiederholen dieses Mantras lächelte er süffisant, als wollte er sagen: „Siehst Du Chef, ich habe unsere offizielle Sprachregelung besser verinnerlicht als Du."

Das wollte der Intendant dann nicht so stehen lassen, er ergänzte: „Was der Kollege Ihnen sagen will ist, dass uns im Moment ein rauer Wind entgegenweht. Ich kann voller Stolz sagen, dass ich den Fränkischen Rundfunk in meiner Amtszeit deutlich modernisiert habe. Ich habe unseren Radiosender Franken 1 vom Schlager befreit, die volkstümliche Musik aus dem Programm genommen und die Heimatsendungen gekürzt."

„Sie haben die Formate gestrichen, bei denen die meisten Leute eingeschaltet haben", widersprach der Mitarbeiter seinem Chef.

„Die meisten Leute sind dumm", sagte Erler ganz direkt. Und dann zu den Polizisten: „Wissen Sie wie es war, als Mitarbeiter des Fränkischen Rundfunks in den 80er und 90er-Jahren. Ich konnte zu keiner Party gehen, ohne mich für unsere politische Berichterstattung oder die volkstümlichen Schlager zu entschuldigen. Kleinkunstbühnen musste man meiden, wenn man nicht zur Zielscheibe des Spotts werden wollte. Seit ich da bin, werden wir zum ersten Mal wohlwollender betrachtet."

„Sie haben den Fränkischen Rundfunk zu einem Sender für Ihre Freunde gemacht, für die urbanen Akademiker und die Kulturschickeria aus dem Nürnberger Umland", rief Karl-Heinz, von dem sie immer noch nicht den Nachnamen kannten.

„Sitzen Sie deshalb hier?", fragte Asena. „Wegen Ihrer Kritik am Kurs Ihres Chefs?"

„Ich kenne Sie!", rief Lukas unvermittelt aus. „Sie sind Karl-Heinz Müller von ‚Politik am Freitag'", erklärte er.

„Das war ich. Aber der Herr Intendant wollte die Sendung etwas mehr zeitgeisty machen. Dabei habe ich ihn gefördert, als er als kleiner Volontär zu uns gekommen ist."

Deswegen duzte Erler den Mitarbeiter also, sie hatten zusammengearbeitet. Doch Müller wollte den ehemaligen Untergebenen offenbar nicht mehr duzen, was den aber nicht störte.

„Zeitgeisty ist doch nicht mal ein Wort", erklärte Erler.

„Offenbar schon, ich habe es gerade benutzt", entgegnete Müller.[24]

Dann fuhr Karl-Heinz Müller fort: „20 Jahre lang habe ich die Redaktion von ‚Politik am Freitag' geleitet. Dann, drei Jahre vor meiner Pensionierung, musste jemand anders her. Jemand, der mehr zeitgeisty ist." Er betonte das Wort „zeitgeisty" besonders. „Was vor allem bedeutete, jemand mit anderen politischen Präferenzen als ich."

„Hör mal Karl-Heinz, gestern erst war ich auf einem Kleinkunstabend in Birnthon[25], und da hat der Kabarettist mich explizit für unsere neue Ausrichtung gelobt."

„Ich sage doch, wir machen das Programm vor allem für die Reichen und Erfolgreichen. Und deswegen sind die Leute sauer

---

[24] Zeitgeisty ist tatsächlich ein Wort, allerdings ein englisches. Es wird umschrieben mit „Conforming to the zeitgeist", wobei Zeitgeist im Englischen das gleiche bedeutet wie im Deutschen, aus dem es übernommen wurde.

[25] Im echten Leben besteht Birnthon aus ein paar Häusern. Obwohl es mitten im Landkreis Nürnberger Land liegt, gehört es aber, wie Netzstall und Brunn, als Exklave zur Stadt Nürnberg.

auf uns. Aber mit dem Attentat hat das nichts zu tun. Diese Leute schreiben vielleicht einen bösen Brief an uns, weil ‚Fränkische Volksmusik von der Rhön bis zum Bodensee' abgesetzt wurde, aber sie werfen keine Farbbeutel. Hier!"

Mit diesen Worten streckte er uns den Brief entgegen, den er gerade beantwortete. Auf den ersten Blick war klar, dass wohl ältere Menschen in verfasst hatten. Nicht nur, weil der Brief noch auf Papier eingegangen war und nicht per E-Mail. Der Schreiber hatte ihn zwar schon mit einem Computer verfasst und nicht mit einer Schreibmaschine, die Tatsache, dass er mit einem Nadeldrucker auf Endlospapier ausgedruckt worden war, zeigte aber, dass er sich keineswegs auf dem neuesten Stand der Technik befand.

Der Brief machte Asena etwas traurig. Ein älteres Ehepaar vermisste die volkstümlichen Musiksendungen. Es hatte sogar ein Bild beigelegt, das offenbar aus den 1970er-Jahren stammte, und die beiden als junge Eltern mit drei Kindern vor dem Fernseher zeigte, wo offenbar gerade ‚Fränkische Volksmusik von der Rhön zum Bodensee" lief.

„Banausen", presste Erler zwischen den Zähnen hervor. Dann blickte er auf den Bildschirm um zu lesen, was sein Mitarbeiter antworten wollte. Sofort begann er zu schimpfen: „Spinnst Du? Du kannst doch nicht schreiben, dass Du die Sendung auch vermisst. Mach den Leuten bitte klar, dass es absoluter Müll war, was die sich da angeschaut haben."

Dann wandte er sich an die beiden Polizisten: „Sie sehen, wir haben viele Kritiker. Und ich natürlich besonders, seit ich hier den Sender auf Vordermann gebracht habe. Auch intern, leider."

„Was ist mit Frau Frankenstein?", fragte Asena. Natürlich hatte Asena von ihren Kollegen erfahren, dass Frau Frankenstein ein Alibi hatte. Aber sie wollte den Intendanten aus der Reserve locken. „Sie hätte eigentlich das Politikressort bekommen sollen."

„Sollte sie das?", fragte der Intendant. „Warum? Weil sie die Kandidatin der Schwarzen war?"

„Weil sie gut ist", mischte sich Karl-Heinz Müller ein. „Weil sie die wahrscheinlich beste Journalistin ist, die wir aktuell haben. Sie ist nur nicht zeitgeisty genug."

„Jetzt hör doch mit diesem dummen Wort auf. Frau Frankenstein hat einen besseren Job bekommen. Sie verlässt uns und wird Nachrichten-Chefin beim Privatfernsehen."

„Und was ist mit den Anderen?", fragte Asena. „Denen, die keinen Job bekommen, weil jetzt an anderer Stelle eine Frau und ein Oberbayer gebraucht werden?"

„Es war niemand aus dem Sender", entschied Erler kategorisch. „Niemand in der Führungsebene würde sich freiwillig ein Bayern-Trikot anziehen. Noch nicht einmal, um mich zu ärgern."

IM MOOR

Gegen Mittag fuhr Kevin los. Etwa eineinhalb Stunden brauchte man laut Routenplaner von Nürnberg ins kleine Dorf Franzheim bei Erding, etwa 20 Kilometer nordöstlich von München. Bis Allersberg kam er kaum voran, obwohl die Autobahn fünf Spuren in jede Richtung hatte. Aber die zahlreichen Geschäftsleute und Urlauber, die den nach dem ehemaligen, aus Ansbach stammenden Ministerpräsidenten Franz-Josef-Strauß[26] benannten Flughafen ansteuerten, waren selbst für die gut ausgebaute Autobahn zu viel. Er bestaunte eine Magnetschwebebahn, die gerade den Bahnhof Hilpoltstein ansteuerte. Die Magnetschwebebahn führte vom Ostbahnhof zum zwischen Allersberg und Neumarkt gelegenen Flughafen und von dort weiter in die Nähe von Hilpoltstein, wo sie Anschluss an die Autobahn, die ICE-Strecke und die S-Bahn über Hilpoltstein, Roth und Schwabach nach Nürnberg bot. Tatsächlich war man mittlerweile von Nürnbergs Mitte schneller am Flughafen, als man an manch anderem Flughafen von einem Gate zum anderen brauchte.

Kevin war rund 20 Minuten hinter seinem Zeitplan zurück, als er kurz vor Freising die Autobahn verließ. Sein Gesprächspartner wollte sich mit ihm in seiner Privatwohnung treffen. Der kleine Ort Franzheim lag fast mitten im Moor.

Kevin parkte an einem Besucherparkplatz kurz vor dem Weiler und machte ein paar Schritte durchs Moor. Er wollte nicht zu früh kommen. 20 Minuten seines Puffers von einer halben Stunde hatte er im Stau verloren, also blieben ihm zehn Minuten. Er bestaunte die Schönheit dieser kargen Landschaft und machte sich dann wieder auf den Weg.

---

[26] Tatsächlich stammte der Vater von FJS aus Ansbach. In unserer alternativen Realität ist er auch dort geblieben.

Franzheim[27] bestand nur aus ein paar Anwesen. Sein Freund, der passenderweise Franz hieß, wohnte in einem kleinen Bauernhof und arbeitete gerade an einem alten Traktor. Die beiden Bekannten begrüßten sich und gingen ins Haus, um einen Kaffee zu trinken. Als der Kaffee getrunken war, machten sie einen Spaziergang über die Wiesen zum Moor und redeten über Blasmusik. Kevin wusste, dass er nicht sofort mit seinem dienstlichen Anliegen herausplatzen konnte. Es war Franz selbst, der das Thema darauf brachte.

„Aber du bist doch dienstlich da. Wegen dem Affen vom Fränkischen Rundfunk."

„Du warst vermutlich nicht traurig, als Du davon gehört hast."

„Na hör mal! Natürlich nicht! Nach der Sache mit dem Bayern-Spiel. Und das ist ja nicht das erste Mal. Wir Bayern kommen im FR doch nur als die Deppen aus der Provinz vor. Fast alle Serien spielen in Franken. Und wenn mal eine Serie in den Bergen spielt, dann wird sie in Österreich gedreht."

„Es ist im Gespräch, ob es einen Bayern-Tatort geben soll. Vielleicht hier im Moor! ‚Der Tote im Moor'."

„Glaub' ich erst, wenn ich den ersten Bayern-Tatort gesehen habe."

„Ach, wenn Du ehrlich bist, fühlt Ihr Bayern Euch einfach gerne etwas benachteiligt."

---

[27] Franzheim gab es tatsächlich. Der Ort entstand erst Anfang des 19. Jahrhunderts als Folge der teilweisen Trockenlegung des Moores als Streusiedlung. Ab den 1920er Jahren gab es dort eine Schule und ab 1957 auch eine Kirche. Schon 20 Jahre später fand aber die letzte Messe statt, weil der Ort beim Bau des Großflughafens München II abgesiedelt wurde. Die letzten Bewohner verließen den Ort Anfang der 1980er Jahre. Heute befinden sich an seiner Stelle die Start- und Landebahnen des Flughafens, Reste des Dorfes sind nicht erhalten. Weil in meiner Geschichte München weit kleiner ist als in der Realität, ist auch Franzheim etwas kleiner als es zum Schluss war.

„Von Fühlen kann keine Rede sein, wir werden benachteiligt! Nürnberg strahlt und wir hier im Süden dürfen hoffen, dass die Nürnberger auf ihrer Fahrt nach Italien mal eine Nacht bei uns übernachten. Da schau Dir das an!"

Franz zeigte auf einen großen Betonkomplex im Stil der 1980er-Jahre, der sich hinter einigen Büschen erhob.

„Was ist damit?"

„Dieses hässliche Drum ist alles, was der fränkischen Politik zum Thema Wirtschaftsförderung in Bayern einfällt."

„Was ist das?"

„Ein Kurhotel, jetzt Wellnesshotel. Für viel Geld kannst Du Dir hier eine Moorpackung holen. Sauna, Schwimmbad, Fitnessstudio, Tennisplätze, alles dabei."

„Das ist doch toll. Und dazu habt Ihr diesen tollen Nationalpark[28] bekommen."

„Danke, ich verzichte. Der Nationalpark hat uns diese Monstrosität von Hotel eingebrockt. Und ich kann meine Felder nicht erweitern, weil alles rund herum Nationalpark ist. Gibt ein Bauer auf, muss er mindestens die Hälfte der Fläche an die Nationalparkverwaltung verkaufen, die dann wieder Moor draus macht. Ich könnte als Bauer heute nicht mehr überleben. Würde Margit, meine Frau, nicht im Wellnesshotel arbeiten, kämen wir nicht über die Runden."

Es entstand eine kurze Pause. Dann sprach Franz weiter.

„Stell Dir vor, München wäre Hauptstadt geblieben und wäre heute statt Nürnberg die Nummer 1 in Franken. Das Land müsste dann natürlich Bayern heißen."

„Was wäre dann?"

---

[28] Diesen Nationalpark gibt es natürlich nicht. Das hier beschriebene Moor ist weitgehend trocken gelegen und vom Flughafen, von Siedlungen und Straßen verdrängt worden.

„Dann wäre Franzheim vermutlich längst eine S-Bahn-Station und voller Einfamilienhäuser, in denen Pendler aus München wohnen."

„Willst du das? Die schöne Landschaft hier opfern für einen S-Bahn-Anschluss nach München. Vielleicht wäre das Moor auch zubetoniert worden für einen neuen Großflughafen, so wie bei Neumarkt."

„Ach was, der Flughafen ist doch im Süden. Und schön ist das nur für die Touristen. Für uns bedeutet es vor allem, zum Einkaufen erst eine Viertelstunde fahren zu müssen."

„Denken alle so wie Du?"

„Viele. Es gibt natürlich auch die anderen, die Umweltschützer. Die freuen sich über den Nationalpark, bieten Urlaub auf dem Bauernhof an und machen Exkursionen ins Moor für Familien. Bei den Jungen haben sich die meisten mit dem Nationalpark abgefunden, aber die Alten sind überwiegend immer noch dagegen."

„Da werden sich viele über die Farbbeutelattacke auf den Intendanten gefreut haben. Das war doch sicher Dorfgespräch."

„Wenn ich was wüsste, würde ich es Dir sagen, obwohl ich kein Mitleid mit dem FR-Typen habe. Aber Recht und Gesetz müssen schließlich gelten, auch wenn es mal den Richtigen trifft bei so einem ‚Verbrechen'."

„Aber Du weißt nichts. Und auch niemanden, der etwas wissen könnte? Du hast mir erzählt, Du könntest mir vielleicht helfen."

„Nicht ich, aber Horst aus Schwaig."

„Schwaig bei Nürnberg?"

„Nein, Schwaig bei Franzheim.[29] Horst ist ein Urgestein der Bayerischen Patrioten. Er hat in den 1970er-Jahren zu den

---

[29] Diesen Ort gibt es noch, er gehört zur Gemeinde Oberding und hat rund 800 Einwohner. Weil er nur rund 3.000 Meter vom Flughafen

Gründern gehört. In den 80ern war er als einer der wenigen für den Nationalpark. Hat sich nicht nur Freunde gemacht, damals! Aber war immer im Vorstand der Patrioten, nie ganz vorne, aber immer dabei. Bis vor sieben Jahren. Ist eben nicht mehr der Jüngste. Aber ist immer noch gut vernetzt."

„Gut, dann fahren wir zu Horst nach Schwaig."

Wie sich herausstellte, war Horst der Besitzer des Wellnesshotels, das sie vom Moor aus gesehen hatten. Kein Wunder, dass er für den Nationalpark gewesen war, er hatte dessen Chance sofort erkannt und genutzt.

Horst empfing die beiden Männer in seinem Büro im ersten Stock des Hotels.

„Der Farbbeutel? Gehört habe ich schon was, aber niemand weiß, wer es wirklich war. Von den Patrioten war es keiner, aber das wissen Sie ja schon. Sie haben ja unsere Vereinsräume durchsucht."

„Franz meint, Sie wüssten vielleicht etwas."

„Ja, das habe ich ihm wohl erzählt. Aber das haben Sie ja schon selbst rausgefunden: In einem Forum hat ein Don von der Donau geprahlt er wär's gewesen. Aber das haben Sie ja untersucht, wenn man dem Fränkischen Rundfunk glauben darf. Ziemlich dumme Idee übrigens, sich als Journalistin auszugeben."

Kevin nickte nur und hoffte, dass Horst doch noch etwas einfallen würde.

„Vielleicht jemand von den Bayern München-Fans?"

„Dafür ist Franz der Spezialist!"

---

entfernt liegt, ist es dort in der Realität aber nicht so schön wie in diesem Buch.

Kevin sah zu Franz, der den Kopf schüttelte. War die ganze Reise am Ende umsonst gewesen? Nur damit er etwas erfuhr, was er schon längst gewusst hatte?

„Ein Freund von mir aus Neumarkt glaubt, er weiß, wer es war", warf Horst jetzt ein.

„Ach ja? Erzählen Sie."

Kevin schöpfte Hoffnung. Neumarkt hatte traditionell zur Oberpfalz gehört und damit zu Bayern. Bei der großen Reform der Regierungsbezirke in den 1970er-Jahren war die Region aber dem neuen Regierungsbezirk Nürnberg[30] zugeschlagen worden. Die älteren Neumarkter fühlten sich nach wie vor als Bayern. Und vor allem hatte der FC Bayern München eine starke Fangruppe in der Region.

„Wir haben gestern telefoniert. Er betreibt, wie ich, ein Hotel. Ein bisschen andere Ausrichtung, hat wegen der Nähe zum Flughafen viele Geschäftsleute. Will aber auch mehr Wellness bieten und hat mich deshalb angerufen."

„Und er sagt, er kenne den Täter?"

„Kennen habe ich nicht gesagt. Aber er weiß jemand, der es vielleicht war."

„Können Sie noch mal nachfragen, ob Ihr Kollege vielleicht einen Namen rausrückt?"

„Hören Sie, ich tu das eh nur für Franz. In meinen Augen hat es der Typ verdient. Sie sind doch auch in der Partei!"

Gemeint war natürlich die Regierungspartei.

„Ja", antwortete Kevin.

---

[30] Wer sich jetzt fragt, ob es dafür ein reales Vorbild gibt: Nein. Bei der Kreisgebietsreform gab es nur kleinere Veränderungen. Beispielsweise wechselte Eichstädt von Mittelfranken in den Regierungsbezirk Oberbayern – als ob der nicht vorher schon groß genug gewesen wäre.

„Und? Finden Sie, dass der Fränkische Rundfunk objektiv über uns berichtet? Da sitzen doch auch nur noch lauter Grüne. Kein Unterschied mehr zwischen der Propagandaabteilung der Grünen und unserem öffentlich-rechtlichen Rundfunk. Vor 20 Jahren war das noch anders. Aber heute ...“

Offenbar hatte jeder einen Grund auf den Fränkischen Rundfunk sauer zu sein. Jetzt tat der Intendant Kevin fast leid. Er wollte versuchen Horst doch noch zu überzeugen, da sprach der schon weiter.

„Ich habe Ihnen geholfen, weil Sie ein Freund von Franz sind. Aber ich will bei meinen Kollegen nicht als Polizeispitzel dastehen. Aber ich weiß, dass mein Kontakt mir erzählt hat, der Farbbeutelwerfer sei Mitglied in seinem Bayern-Fanklub.“

„Das ist doch schon mal was.“

„Jetzt essen wir aber erst einmal etwas. Bleiben Sie so lange noch bei uns?“

Kevin wollte nicht unhöflich sein. Außerdem sah das Essen gut aus, auch wenn die Küche versucht hatte, allem einen gesunden Anstrich zu geben.

Als Kevin eine Stunde später im Auto saß, war er zufrieden. Das lag nicht nur an dem guten Essen. Er hatte auch den Eindruck tatsächlich eine erste Spur zu haben. Er schloss sein Smartphone an das Autoradio des Dienstwagens an und suchte eine Playlist mit traditionellen Märschen. Das passte am besten zu seiner Stimmung, denn jetzt ging es voran.

Während Kevin ins Erdinger Moos fuhr, ging Lukas noch einmal in die Stadt, um den Tatort zu besuchen. Der Täter musste sich irgendwo umgezogen haben. Die Kollegen hatten alle Mülltonnen der Umgebung durchsucht, aber nichts gefunden. Aus Erfahrung wusste Lukas jedoch, wie unbeliebt diese Tätigkeit war. Keine schöne Aufgabe, den ganzen Tag im Müll zu wühlen und sich dabei die dummen Kommentare der Passanten anzuhören. Da konnte es schon mal vorkommen, dass jemand nicht ganz sauber arbeitete, um schneller fertig zu werden.

Lukas hatte nicht vor, die Arbeit von vorne zu beginnen. Zumal die öffentlichen Mülleimer längst geleert waren. Er suchte einen Seiteneingang, in den ein flüchtender Farbbeutelwerfer hätte verschwinden können. Das war gar nicht einfach, denn die Gegend war ziemlich teuer und die meisten Eingänge waren verschlossen oder videoüberwacht. Neben einer Reihe von teuren Lokalen gab es ein Feinkostgeschäft und einen Laden für hochpreisigen Künstlerbedarf. Daneben bot ein Geschäft Diätartikel. Gegenüber, auf der anderen Straßenseite, war es etwas weniger vornehm. Dort residierte das Lokal einer Burger-Kette, ein Laden für Elektronik und ein linkes Programmkino.

Ja, das Kino. Früher stand hier der berühmte Frankonia Filmpalast. Als es dann in jedem Haus einen Fernseher gab, hatte der Besitzer die meisten Säle zu Büros umgebaut. Nur im Erdgeschoss waren zwei erhalten geblieben, der Zusatz „Filmpalast" verschwand aus dem Namen.

Anfang der 1980er-Jahre übernahm der Sohn des alten Besitzers das Kino. Er war in den 1970er-Jahren in linksextremen Kreisen aktiv und wegen schwerer Körperverletzung sogar eine Zeit lang im Gefängnis gewesen. Als der Vater starb, hatte der Sohn dessen gesamtes Kapital in seinen politischen Kampf gesteckt. Immerhin hatte der Vater neben dem Kino noch mehrere große Häuser in Nürnberg besessen, daneben auch eines der Wohnhochhäuser in Nürnberg-

Baimbach, wo Asena wohnte. Das „Frankonia" hieß jetzt „Rotes Kino" und zeigte keine Blockbuster mehr, sondern ausschließlich stramm linke Produktionen.

Mittlerweile war das meiste Geld ausgegeben, nur das Haus hier in der Altstadt gehörte dem Sohn noch, der mittlerweile die 70 überschritten hatte. Von den Einnahmen aus der Vermietung wurden die Verluste des Kinos gedeckt sowie der nicht ganz so politisch korrekte Lebensstil seines Besitzers, zu dem vor allem Fernreisen in exotische Länder gehörten.[31]

Lukas besah sich die Plakate. „Die Wahrheit über die RAF – wie der Staat den Terror inszenierte" hieß ein Film. Ein zweiter befasst sich mit angeblich verschwiegenen Hintergründen der Globalisierung und ein dritter damit, „Wie Staat und Großkonzerne die öffentliche Meinung manipulieren." Auf dem Plakat des letzten Films war auch das Logo des Fränkischen Rundfunks zu sehen.

Natürlich gab es beim „Roten Kino" keine Videoüberwachung und Polizisten hatten wenig Lust, sich hier blicken zu lassen. Also beschloss Lukas selbst einen Blick in die Müllbehälter im Hof zu werfen. Er war in Zivil und jeder würde ihn für einen Flaschensammler halten.

Leider war seit dem Attentat schon ziemlich viel neuer Müll hinzugekommen. Immerhin war der überwiegend in Plastiksäcke verpackt, sodass Lukas die nur zur Seite räumen musste. Er blickte sich kurz um, es war niemand zu sehen. Für Kinobesucher war es noch zu früh. Also kletterte er kurzerhand in den Müllcontainer und tatsächlich, relativ weit unten sah er etwas Rotes. Er griff danach und hatte ein FC Bayern München Trikot in der Hand. Wenig später zog er noch eine Trainingshose hervor. Auch ein paar alte Schuhe fand Lukas.

---

[31] Falls sich jemand fragt, ob es für das Kino oder dessen Betreiber ein reales Vorbild gibt: Nein, weder in München noch in Nürnberg ist mir ein reales Vorbild bekannt. Person und Kino sind frei erfunden.

„Ach, Sie Armer. Müssen Sie im Müll nach Kleidern suchen? Brauchen Sie meine Hilfe?"

Es war eine Frau Ende 50, die jetzt vor dem Container stand. Mit ihren weiten Kleidern, den etwas ungepflegten Haaren und der Kette mit Schmucksteinen passte sie gut zu den Leuten, die das „Rote Kino" besuchten.

Offenbar hielt sie Lukas für einen Flüchtling. Tatsächlich hatte er schwarze Haare und eine eher dunkle Hautfarbe, auch wenn seine Familie seit Jahrhunderten in Franken beheimatet war. Sie hielt ihm die Hand hin. Lukas nahm sie nicht, sondern schwang sich ohne ihre Hilfe aus dem Container. Er beschloss die Rolle anzunehmen.

„Danke. Ich nur großer Fan von Bayern München. Immer mir habe gewünscht Trikot von Verein."

Er hielt seinen Fund hoch.

Die Frau schnaubte verächtlich.

„Sie ziehen das freiwillig an? Hören Sie, ich bin wirklich tolerant. Mir macht es nichts aus, ob jemand Deutscher, Türke oder Syrer ist, aber Bayern-Fan, das geht echt nicht."

ASENA ENTSCHULDIGT SICH

Asena war am Nachmittag kaum zum Ermitteln gekommen. Die meiste Zeit hatte sie in Strategiebesprechungen mit ihren Vorgesetzten und der Presseabteilung herumgesessen. Und dann rief auch noch ihre Mutter an. Sie hatte von Asenas Problemen gehört und war voller Sorge.

„Mach dir keine Sorgen, Anne.[32] Mir geht es gut. Das gehört zu meinem Job, dass man manchmal auch etwas aushalten muss. Denke daran, wie es Baba[33] oft ergangen ist."

„Das ist doch was anderes."

„Warum? Weil ich eine Frau bin?"

„Ach, Prenses.[34] Ich bin doch nicht verbohrt. Ich finde es nicht immer gut, wie Du und Deine Schwester leben. Aber verbohrt bin ich nicht."

„Entschuldigung, Anne. Das bist du wirklich nicht."

„Dein Vater dagegen. Wie lange hat er gebraucht um Deinen Mann Mustafa zu akzeptieren. Ich habe gesagt: ‚Er ist Alevit, na und? Unser Kind liebt ihn!' Und Aleviten sind ja immerhin auch Moslems, stimmt's? Aber Dein Vater ..."

„Anne, was hast Du auf einmal gegen Baba?"

„Ach, es ist nur so, dass er ein Sturkopf ist. Ginge es nach mir, wären wir nie nach Nürnberg gegangen."

„Ich weiß, Du wolltest in Ankara bleiben."

„Ankara? Wer redet denn von Ankara? Da waren wir doch nicht glücklich!"

Oh, das waren neue Worte von ihrer Mutter. Aber die sprach schon weiter.

---

[32] Kein Name, sondern türkisch für Mama.
[33] Türkisch und fränkisch für Papa, hier türkisch.
[34] Prinzessin

„Ich wäre gerne in München geblieben. Eine kleine Stadt, nicht zu groß. In München hättet Ihr euch ein eigenes Haus leisten können. Deine Cousine hat nach München geheiratet. Ihr Mann arbeitet dort in der Zentrale der Bundesagentur für Arbeit.[35] Du glaubst nicht, wie billig Wohnungen und Häuser dort im Vergleich zu Nürnberg sind!"

„Ja, Nürnberg ist sehr teuer. Aber dafür sind wir die Landeshauptstadt."

„Landeshauptstadt! Was kann ich mir davon kaufen? Dein Vater musste in München nicht so viel arbeiten, weil es dort unten nur wenige Türken gibt. Wenig Türken, wenig Arbeit für das Konsulat. Ist doch klar."

„Ja, Anne."

„Erinnerst Du Dich noch an unsere Wohnung in Milbertshofen? Von unserem Fenster aus konnte man den Bauern beim Pflügen zusehen. Und im Sommer sind wir mit dem Zug an die Seen gefahren. Wie hieß der kleine Ort, zu dem wir so oft gefahren sind?"

„Starnberg, Anne."

„Was für ein ruhiges Städtchen. Bodenständig, preisgünstig und ohne die ganzen arroganten Reichen, die es hier in Nürnberg gibt. Und so schön gelegen."

„Hier haben wir die Fränkische Schweiz, Anne."

„Ach, hör mir auf. Ich bin als Kind genug Berge hoch und runtergerannt, wenn ich die Ziegen gehütet habe. Und außerdem, Dein Vater und ich waren neulich nach Pegnitz eingeladen. Schrecklich, sage ich Dir. Eine Villa neben der anderen.[36] Mit unserer S-Klasse kamen wir uns richtig arm vor,

---

[35] Richtig, die ist im „echten Leben" in Nürnberg.
[36] Stellen Sie sich das Pegnitz dieser Realität einfach vor wie Bad Homburg bei Frankfurt. Oder eben wie das „echte" Starnberg ohne See.

verglichen mit dem, was da sonst so rumfährt. Das ist für eine ostanatolische Bauerntochter zu viel Prunk und Protz."

Sie redeten noch eine ganze Weile über München und Nürnberg und kamen zu dem Ergebnis, dass es in Nürnberg einfach zu viele Snobs gab.

„Das ist eine Mentalitätssache", schloss ihre Mutter. „Die Münchner sind bescheidener."

Das ließ Asena so stehen, denn sie war in Gedanken schon wieder bei ihrem Fall. Sie konnte nur hoffen, dass Lukas und Kevin mehr erreicht hatten. Sie war deshalb ziemlich frustriert, als sie kurz nach 18.00 Uhr nach Hause fuhr.

Daheim saßen ihr Mann und die Kinder bereits am Tisch und aßen zu Abend. Als sie den Raum betrat, schwiegen alle drei.

„Hört mal, ich muss mich bei Euch dreien entschuldigen. Wirklich. Ich hatte gestern einen schrecklichen Tag. Ich weiß nicht, ob es Euch Euer Vater erzählt hat."

„Ja, Papa hat es uns erklärt."

„Als Entschuldigung gehe ich morgen mit Euch ins Kino", verkündete Asena.

„Und was kriege ich?", fragte ihr Mann. Asena flüsterte ihm etwas ins Ohr.

Er grinste und sagte: „Okay."

„Was wolltest Du mir gestern eigentlich Wichtiges sagen?", fragte sie Yasemin.

„Ich weiß, wer der Täter ist."

Wenig später saßen alle vier vor dem Computer. Yasemin rief ein Video in einem sozialen Netzwerk auf, das gerade bei den Jugendlichen in ihrem Alter beliebt war.

Das Video zeigte eine Gruppe von Jugendlichen, die sich mit dem Handy in der Nähe des Tatorts filmten. Im Hintergrund ging jemand vorbei, als eines der Mädchen aufkreischte.

„Was'n los, Du Opfer?", fragte ihre Freundin sie.

„Der Typ da hat 'ne rote Hand. Ich dachte, das ist Blut", erklärt die Erste. Die Kamera schwenkte kurz zu einer Person im Bayern-Trikot mit einer roten Hand. Es war die Donna.

DIE PUZZLETEILE FÜGEN SICH ZUSAMMEN

Am nächsten Morgen trafen sich Kevin, Lukas und Asena im kleinen Besprechungsraum. Asena führte das Video vor.

„Wir waren so fixiert auf die Foren von irgendwelchen Spinnern, dass wir die anderen sozialen Netzwerke gar nicht betrachtet haben. Ohnehin dürfte keiner von uns einen Zugang zu diesem hier haben."

Alle schüttelten den Kopf.

„Aber warum hat die Donna uns dann eine völlig falsche Beschreibung des Tathergangs gegeben?", fragte Lukas.

„Ich vermute, dass sie mich erkannt hat. Ich war der Meinung, dass es keine Bilder von mir geben würde, aber ich habe vergessen, dass ich am selben Tag kurz im Morgenfernsehen zu sehen war. Also hat sie die Spinnerin gespielt."

„Warum ist sie nicht einfach wieder gegangen, als sie Dich erkannt hat?"

„Keine Ahnung, vielleicht hat sie es zu spät gemerkt. So oder so, sie ist unsere Hauptverdächtige."

„Jetzt müssen wir sie nur noch überführen", schloss Kevin. „Sicher, die Frau sieht aus wie die Donna. Aber die Bilder sind zu schlecht, um wirklich sicher zu sein. Damit kommen wir bei keinem Richter durch."

„Hier komme ich ins Spiel", mischte Lukas sich ein. Er erzählte kurz, was er gestern gefunden hatte.

„Sind die Sachen schon im Labor?", fragte Asena.

„Natürlich, Chefin. Heute Mittag sollten wir die Ergebnisse haben."

Es stellte sich heraus, dass das Labor tatsächlich DNS-Spuren gefunden hatte. Im Computersystem fand sich kein passender Vergleich, aber dafür war am gleichen Abend ein Treffen des Bayern München Fanklubs in Neumarkt. Asena und Kevin beschlossen dorthin zu fahren.

Glücklicherweise war der Berufsverkehr weitgehend vorbei, als Kevin und Asena in Richtung Neumarkt fuhren. Die Stadt mit rund 80.000 Einwohnern[37] war ein beliebter Wohnort von Pendlern, aber auch eine Reihe von Betrieben war wegen der niedrigen Grundstückspreise und Gewerbesteuern sowie der Nähe zum Flughafen dorthin gezogen. Der weltgrößte Suchmaschinenkonzern hatte seine Deutschland-Niederlassung und ein Entwicklungszentrum in der Stadt, eine große Direktbank ein Rechen- und Servicezentrum.

Der FC Bayern Fanklub residierte in einer schmucklosen Vereinsgaststätte im Stadtteil Buchberg.[38] In dem ehemaligen Dorf war in den 1970er-Jahren eine der damals unvermeidlichen Trabantenstädte entstanden, die zur Hälfte aus Reihenhäusern und zur anderen aus großen Wohnhäusern bestand. Der Stadtteil galt heute als sozialer Brennpunkt, nicht zuletzt, weil die Flugzeuge des nahen Großflughafens ziemlich tief über den Ortsteil flogen.

Sie positionierten sich im Auto und warteten. Am einfachsten war es, die Donna gleich hier abzufangen. Dann musste man sie nicht aus einer Gaststätte mit aufgebrachten Bayern-Fans herausholen. Und diesmal hatten sie endlich Glück. Das Treffen hatte schon begonnen, da rollte ein großer, weißer SUV auf den Parkplatz. Es war die Donna.

---

[37] In der Realität hat Neumarkt rund 40.000 Einwohner.

[38] Ich weiß natürlich, dass Buchberg heute nicht zur Stadt Neumarkt gehört, sondern zu Sengenthal. Aber weil in unserer alternativen Zukunft Neumarkt stärker gewachsen ist, wurde auch mehr eingemeindet.

„Können wir Sie kurz sprechen", sprach Asena sie an.

„Oh, unsere falsche Journalistin. Wollte man Sie nicht feuern?"

„Wollte man. Aber ich konnte die Presse mit dem Versprechen zufriedenstellen, dass ich innerhalb einer Woche den richtigen Täter finde – oder die richtige Täterin. Kommen Sie bitte mit."

Dann ging alles ganz schnell. Die Donna hieß laut Ausweispapieren Petra Meier. Die DNS-Analyse bestätigte, dass die Kleider, die Lukas beim „Roten Kino" gefunden hatte, ihr gehörten.

Eine Stunde später hatten sie ein Geständnis. Endlich redete die Donna: „Ich war einfach sauer. Wir waren alle sauer. Die Kameraden und ich hatten in Neumarkt gemeinsam das Spiel angeschaut. In der Gaststätte, vor der Sie mich verhaftet haben. Die Stimmung war super, auch wenn die meisten echt nicht damit gerechnet haben, dass wir an dem Tag schon die Meisterschaft klarmachen. Und dann sind wir Meister geworden. Deutscher Meister! Mal nicht der FCN, sondern Bayern München!"

Sie machte eine Pause.

„Aber dann brechen diese Deppen vom FR einfach die Übertragung ab."

Sie trank einen Schluck Wasser, dann redete sie weiter.

„Irgendwann sagte jemand: ‚Man müsste mal eine Bombe in die Redaktion des FR werfen.' Und dann jemand anderes: ‚Ach was, es reicht schon, ihnen mal eine Lektion zu erteilen.' Dann blödelten wir herum und überlegten, was wir machen könnten: Babywindeln werfen, faule Eier, Tomaten. Und ich so: ‚Das traut Ihr Euch doch eh' nicht.' Und einer dann: ‚Aber Du, was?' Und ich so: ‚Ich mach's. Ihr werdet schon sehen.'"

„Aber woher wussten Sie, wo Ihr Opfer war?", fragte Asena.

„Das sag' ich Euch nicht. Ich bin doch keine Verräterin. Ihr habt Euer Geständnis. Also lasst mich in Ruhe."

FUßBALL MIT MIRIAM

Eine Woche später saß Lukas mit Miriam auf der Tribüne der Siemens-Arena. Endlich hatte er es geschafft, Kevins Tochter zu fragen, ob sie mit ihm ausgehen wolle. Eigentlich hatte er sich etwas anders als ein Fußballspiel vorgestellt, aber Miriam hatte es vorgeschlagen und er wollte nicht nein sagen.

Es war das letzte Spiel der Saison und der Club, letztes Jahr noch Deutscher Meister, stand auf dem viertletzten Platz. Das Spiel gegen den Vorletzten lief jetzt schon 80 Minuten und immer noch stand es 1 : 1.

„Was passiert, wenn sie verlieren?", fragte Lukas.

„Ach, das passiert nicht. Die anderen haben doch kaum Chancen. Reines Glück für die, dass es noch 1 : 1 steht und nicht 3:1 für uns."

„Und wenn sie trotzdem verlieren?"

„Dann müssen sie in die Relegation und spielen gegen den Drittplatzierten aus der 2. Bundesliga."

„Absteigen können wir aber nicht mehr, oder?"

„Nur theoretisch. Dafür müsste der Drittletzte mindestens 2:0 gegen Bayern München gewinnen und wir müssten heute mit zwei Toren Abstand verlieren."

Lukas sah kurz zu Miriam hinüber. Er war schwer in sie verliebt. Dadurch verpasste er, wie Club-Star Robert Lewandowski den Ball so ungenau passte, dass ein Spieler des Gegners ihn bekam. Die Abwehr der Nürnberger schien leider genauso wenig aufzupassen, denn 30 Sekunden später stand es 1:2 für den Gegner.

Der Anpfiff war kaum erfolgt, da meldete sich der Stadionsprecher über Lautsprecher: „Neuer Spielstand in München, Bayern liegt 0 : 1 zurück.

„Heißt das, der Club steigt jetzt ab?", fragte Lukas seine neue Freundin.

„Quatsch, die schießen jetzt noch eins. Letzte Saison waren wir Meister, wir steigen doch nicht ab."

Aber die einzigen, die in den letzten zehn Minuten noch ein Tor schossen, waren die Gegner. Und dann kam auch noch die Meldung aus München, tatsächlich hatten die Bayern 0:2 verloren.

Während in München die Siegesfeier diesmal vom Fränkischen Rundfunk live übertragen wurde, stieg Nürnberg, der Meister des Vorjahres, in die zweite Liga ab. Die einzigen Nürnberger, die an diesem Tag trotzdem glücklich waren, waren Lukas und Miriam.